파이팅!

옮긴이
박혜정

❧

이화여자대학교 사회생활학과 졸업
큐슈영 수학관 국제언어학원 일본어코스 졸업
KTC 번역회사 일본어 매니저로 활동
일본어능력시험 1급 합격
『풍수지리』(근간), 『평요지』, 『최후에 남은 지혜』(근간),
『보는 것 존재하는 것』, 『장사도 연애하듯이 하라』(근간) 등이 있다.

파이팅!

다케다 마유미 지음
박혜정 옮김

집사재

파이팅!

초판 1쇄 인쇄일 / 2000년 3월 15일
초판 1쇄 발행일 / 2000년 3월 20일

저　자 / 다케다 마유미
옮긴이 / 박혜정
발행인 / 유창언
발행처 / 집사재

출판등록 / 1994년 6월 9일
등록번호 / 제10-991호

주소 / 서울시 마포구 서교동 376-12 지우빌딩 201호
전화 / 335-7353~4
팩스 / 325-4305

ISBN 89-86190-48-6 03830

값 7,000원

목차

파
이
파이팅

파
이
팅이파

머리말

장애가 있어도 강인하게 살아가면 된다고들 하지만 그게 어디 쉬운 일인가.

인간은 벼랑 끝에 도달해서야 비로소 강인해지는 법이다.

처음부터 강한 인간은 없다.

왜냐하면 내가 그랬으니까.

나는 농아 장애자.

일본에 있을 때는 접대부로 활동하여 농아 접대부 효(豹)짱으로 불렸다.

뉴욕에서는 갱과 결혼하여 나도 모르는 사이 갱단의 일원이 되어 '블러디 차이나(Bloody China)'라는 별명을 얻었다.

최악의 범죄지대, 브롱크스(Bronx)에서 토플리스 댄서로 생계를 꾸려 가던 때도 있었다.

사람들은 내 인생을 두고 마치 롤러코스터 같다고 한다.

나는 보통의 여자아이였다. 아니, 보통의 여자아이이면서 조금은 불량소녀였다.

세상에는 장애자, 접대부, 갱, 토플리스 댄서 등 가지각색의 인간이 살고 있다.

어느 TV 다큐멘터리 프로그램에서 취재하러 왔을 때, "당신은 이 책을 쓴 것을 후회하지 않습니까?"라는 질문을 받았다.

내가 어머니에게 보내는 편지를 쓰는 장면을 촬영한 다음이었다.

나의 약한 부분과 부끄러운 부분, 그리고 세상 사람들의 질타를 받을 부분까지 나는 모든 것을 이 책에 밝혔다.

이 책이 세상에 나가는 것을 나는 후회하지 않는다.

후회할 이유 따윈 없다.

왜냐하면 나는 정말 내가 하고 싶은 일을 하고 내가 하고 싶은 대로 살아왔을 뿐이기 때문이다.

장애를 지닌 것을, 어릴 적에는 수없이 원망하기도 했다.

하지만 지금은 원망하지 않는다.

그렇다고 농아가 된 것을 감사할 마음도 없다.

나는 나이니까.

이 책은 연약한 울보인 내가

여러 사람을 만나고,

여러 남성을 사랑하고,

여러 일을 겪으면서,

살아 있어서 정말 다행이라고 생각할 수 있기까지의 29년

간의 이야기이다.

제1장

이지메에 질 내가 아니다

🎵 소리가 사라졌다

열이 내린 뒤 내가 말하는 소리나 바깥의 소리가
전혀 들리지 않았다. 어머니가 불러도 내가 돌아보지 않자
어머니가 내 팔을 잡아당겼다.

　　나는 1970년 5월에 미군기지촌이 위치한 도쿄도(東京
都) 타치가와(立川)시에서 태어났다. 철조망 울타리 너머
에 광대한 미군기지가 있었는데, 언제나 전투기가 하늘을
날아다니던 것을 기억하고 있다.

　　기지 주위에는 낡은 목조 단층집이 쭉 들어서 있었는데,
우리 집도 그 중 하나였다. 우리 집은 방 두 개(2평과 3평
짜리)에 부엌이 하나, 프로판가스로 물을 데워 사용하는
목욕탕과 재래식 화장실이 있었다. 집 앞에는 먼지 날리는
자갈이 깔려 있어 우리들은 곧잘 그곳에서 돌을 가지고
놀았다.

　　나는 열 달을 채우지 못하고 어머니 뱃속에서 나오는

바람에 태어난 당시에는 몸집이 작고 연약했지만 이후에는 건강하게 자랐다. 그러나 유치원에 들어갈 즈음 한 달에 한 번은 심한 감기에 걸려 그때마다 약을 먹고 주사를 맞아야 했다. 거듭된 치료에 내 몸은 약도 주사도 듣지 않는 체질이 되었다. 설상가상으로 세 살 때 성홍열에 걸려 치료약을 먹다 그 약의 부작용으로 청각을 잃었다. 어떤 사람은 팔과 다리가 마비되는 경우도 있다고 하니까 그에 비하면 나는 운이 좋았는지도 모른다.

의외로 그때의 기억이 선명하다. 온몸이 불타는 듯 뜨겁고 머리가 깨질 듯 아팠다. 눈이 핑글핑글 돌고 천장이 이상하게 보이기도 했다. 어머니가 몇 차례 내 옷을 갈아입혀 주었던 것 같다. 아마 내가 식은땀을 흘렸었나 보다.

열이 내린 뒤 내가 말하는 소리나 바깥의 소리가 전혀 들리지 않았다. 어머니가 불러도 내가 돌아보지 않자 어머니가 내 팔을 잡아당겼다. 나는 무슨 일인가 하여 어머니에게 뭔가 말하려 했지만 입만 들썩일 뿐 말이 나오지 않았다. 순간 이상하다고 느꼈지만 그때 나는 너무 어린 나머지 그것이 그렇게 심각한 일인 줄 몰랐었다. 갑자기 귀가 들리지 않는 것을 나는 단순히 몸을 다친 정도로 여기고 곧 낫겠지 하며 별로 걱정하지 않았다. 전혀 불안이나 공포를 느끼지 못했다.

하지만 부모님이 내 귀에 이상을 느껴 병원에 데리고 갔을 때는 이미 치료할 시기를 놓치고 말았다. 의사선생님

은 부모님께 "유감스럽게도 지금부터 발음 훈련을 해도 보통 아이들처럼 말할 수 없을 겁니다"하는 말을 했다고 한다. 내 경우 의학적으로는 '후천성난청'에 속하며 장애 정도는 중간 정도라고 했다. 그러나 부모님은 의사의 절망적인 진단에도 굴하지 않았다. 내게 발음법과 음성 판별력을 키우기 위해 나를 정상아가 다니는 유치원 외에 농아학교의 유치부와 도내의 복지시설에 다니게 했다. 하루는 농아학교에서 수화연습을 하고 다음 날은 보통 유치원에 갔다. 도내에 있는 복지시설에서는 'あ(아)'에서 'ん(응)'까지의 일본어 발음법과 음성 구별법을 연습했는데 이곳에는 한 달에 두 번 정도 다녔던 것 같다.

수화는 몸짓손짓으로 하는 것이니 간단히 외울 수 있는데다 눈으로 보는 것이라 이해하기도 쉬웠다. 하지만 발음법과 음성구별 연습은 입 안의 움직임이므로 여간 어려운 일이 아니었다. 선생님의 입술을 보아도 혀의 움직임이 보이지 않아 애를 태우기 일쑤였다. 집에 돌아오면 어머니는 매일같이 내 입 안에 손가락을 쑤셔 넣고 혀를 억지로라도 움직이게 하거나 소리를 내게 하는 등 끈질기게 연습을 시켰다.

집 안의 벽이며 문에는 온통 어머니가 만든 발음표가 붙어 있었는데 거기에는 'あ(아)'에서 'ん(응)'까지의 오십음도와 숫자가 커다란 종이에 쓰여 있었다. 매일 어머니가 먼저 발음을 하여 시범을 보인 다음 내가 따라했다. 반

복하고 또 반복했다. 그러나 내가 제대로 발음하지 못하면 어머니는 내 머리와 얼굴, 몸을 닥치는 대로 때렸다. 나는 "왜 이렇게 해야 돼?" 하며 발음 훈련을 할 때마다 엉엉 울었고, 우는 내 모습을 보고는 어머니도 분을 참지 못하고 눈물을 흘렸던 것을 똑똑히 기억하고 있다.

어머니의 교육은 참으로 엄했다. 그래도 그때의 맹훈련이 내게 얼마나 중요한 것이었는지 어른이 된 지금에야 절실히 깨닫고 있다. 그리고 어머니께 정말 고맙게 생각한다.

보통 유치원에서 나는 이상한 아이 취급을 당했다. 당시 내가 끼고 다니던 보청기는 요즘 보청기와는 전혀 다르게 크기가 상당히 컸다. 나는 기계를 두 대나 가슴에 매달고 그 기계와 연결된 코드를 양쪽 귀에 꽂고 다녔기에 주위 아이들로부터 젖가슴이라며 놀림을 받았다. 또 아이들은 내가 무슨 말이라도 하면, 쟤가 말을 했어, 하며 신기한 동물 보듯 했다.

아직 어렸던 나는 그렇게 아이들로부터 바보 취급을 당할 때마다 큰소리를 지르거나 주먹으로 때려 복수했다. 어떤 때는 얼굴을 꼬집거나 머리를 두들겨패기도 했다. 유치원 선생님은 이런 나에게 싸움을 해서는 안 된다고 야단쳤지만 나는 바보 취급 하는 아이들이 나쁘다며 선생님의 말을 듣지 않았다.

그러나 매일 싸움만 하는 것도 지겨워졌던 모양이다. 나

는 유치원에서 집으로 돌아오는 길에 종종 어머니에게 보청기를 끼지 않겠다며 생떼를 쓰기도 했다. 물론 어머니는 한번도 내 말을 들어주지 않으셨지만. 어머니는 주위 사람들을 놀래 주기 위해 내게 아주 어릴 때부터 글자 읽는 법을 가르치셨다. 어머니는 내 손을 잡고 종이에 'あ(아)'에서 'ん(응)'까지의 글자를 습자처럼 크게 쓰면서 글자 쓰는 법도 가르쳐 주셨다. 'な(나)'와 'む(무)'가 가장 어려웠는데 이 두 자는 몇 번이고 되풀이해서 연습했다.

어머니는 '이걸 다 쓰면 과자 사줄게', '이것만 끝나면 놀자' 하시며 나를 달래 가며 글공부를 시켰다. 그 덕택에 내가 유치원에서 멋지게 글자를 써 보이자 선생님과 아이들이 나를 우러러보았다. 그때의 기쁨이란 말로 표현할 수 없다.

그러나 보통 유치원에서는 좀처럼 친구도 사귀지 못 하고 따돌림을 당하기 십상이었다. 농아학교에서는 그렇게도 친구가 많았는데 왜 유치원에서는 정상인 친구들을 사귀지 못하는 건지 이해가 되지 않았다. 그러다가 발음 하나 제대로 못하는 자신에 대해 분통을 터트리기도 했다. 귀가 들리지 않으니까 발음이 나쁜 것은 당연한 일인데도 말이다. 나는 정말 아이들과 친구가 되고 싶었는데……

♪♪ 카우보이 댄스

스피커에 가만히 귀를 대고 있노라면
바이올린 소리가 마음을 가라앉혀 주었고
눈을 감으면 '아름다운 분홍빛 저녁노을'이 눈앞에 나타났다.

    우리 옆집에는 미국인 여성과 결혼한 일본인 남성, 그리고 그 사이에서 태어난 여섯 명의 혼혈아가 살았다. 그 집의 장남 제리와 장녀 쥬에리가 내 친구가 되어 주었다. 제리는 나보다 한 살 아래이고 쥬에리는 두 살 아래였다.

    발음을 제대로 하지 못해 수화만으로 의사소통을 하던 내게 제리와 쥬에리는 천천히 말을 했고 말이 통하지 않을 때는 손짓발짓을 하면서 놀아 주었다. 나는 정상인 친구가 생긴 것이 너무나 기뻤다. 무엇보다 이웃집에 사는 친구여서 더욱 그랬다.

    제리와 쥬에리는 내 발음을 놀린 적이 없었다. 바로 그 때문에 우리 사이가 매우 좋았던 것이다. 아마 제리의 어머니가 아이들에게 내 귀를 나쁘게 말하지 않도록 당부했을 것이 틀림없다. 게다가 그 아이들도 일본어가 서툴렀던 탓에 천천히 말하는 편이 좋기도 했을 것이다. 어쨌든 그 아이들은 무엇보다 내 귀에 대해 이렇다 저렇다 말하지 않았으므로 나는 그 애들과 함께 있으면 마음이 편안했다.

유치원에서 집으로 돌아오면 반드시 제리와 쥬에리와 함께 놀았다. 그들에게서 미국식의 놀이를 배우기도 하고 함께 짓궂은 장난도 쳤다. 동네 남자아이를 발로 차거나 공원에서 여자아이의 머리카락을 당기기도 했다. 원래 나쁜 짓은 빨리 배우는 법이다.

가장 위험한 장난은 이웃집 창문을 제리와 내가 큰 돌을 던져 깨뜨린 일이다. 우리는 유리가 깨질 때마다 환호성을 지르고는 재빨리 도망을 쳤다. 이 일이 아버지에게 들키던 날 나는 머리뼈가 으스러질 정도로 얻어맞았다. 그러고 보니 내가 아버지와 보던 TV프로그램은 폭력물이 많았다. 야쿠자 영화, 복싱, 프로레슬링, 사무라이 영화 등등. 그 영향 때문에 내가 싸움을 좋아하는 아이가 되었는지도 모를 일이다.

미국이라는 나라에 흥미를 가지기 시작한 것은 역시 제리 어머니의 영향이 컸던 것 같다. 제리의 어머니가 만들어주신 코코아 맛의 '핫초코'를 처음 먹고서 나는 너무 맛있어 정말 놀라고 말했다. 세상에 이렇게 맛있는 것이 또 있을까, 하며 막연히 미국에 가면 이런 음식을 많이 먹을 수 있을 것이라고 생각했다.

제리의 집에서는 록이나 컨트리 음악이 언제나 흐르고 있었는데 쥬에리와 그의 어머니는 음악에 맞춰 즐겁게 춤을 추곤 했다. 일명 카우보이 댄스. 그 모습을 보고 나도 보청기로 울리는 음악을 들으며 함께 춤을 췄다. 손을 잡고 열심히 다리를 움직이는 내게 그들은 엄지손가락을 들어 보이며 칭찬해 주었다. 나는 그것이 기분좋아 보청기에서 울리는 음악을 열심히 들으려고 애를 썼다. 그러면서, '미국의 가정은 이렇게 재미있고 즐겁게 사는구나. 다들 마치 태양처럼 웃고 있어'라며 부러워했다.

영어를 말하는 제리의 동작도 왠지 멋있어 보였다. 일본 아이들보다 표정이 풍부하다는 사실을 깨닫게 되자 더욱 더 그 아이들이 부러웠다. 그리고 미국이 어떤 나라인지도 궁금해졌다.

우리 어머니는 곧잘 뮤지컬 극장이나 영화관에 나를 데리고 갔다. 내게 음악의 세계를 조금이라도 더 체험시켜 주기 위해서였다. 나는 이미 제리의 집에서 비트나 춤추는 법을 터득하여 음악의 즐거움을 알고 있는 터였기에 어머니가 극장이나 영화관에 가자는 말을 하실 때면 하늘을 날듯 기뻤다.

이런 나를 지켜보던 어머니는 레코드판을 잔뜩 사 가지고 와서 우리 집에서도 음악이 끊일 날이 없게 되었다. 주로 들었던 것은 클래식이었다. 스피커에 가만히 귀를 대고 있노라면 바이올린 소리가 마음을 가라앉혀 주었고 눈을 감으면 '아름다운 분홍빛 저녁노을'이 눈앞에 나타났다. 큰북의 저음과 바이올린의 고음이 몇 구비의 파도가 되어 흘러나와 귀 속 깊이 도달할 때는 눈이 번쩍 뜨이는 것 같은 기분이 들었다. 음악이란 정말 대단하구나. 다른 아이들은 이렇게 멋진 음악의 세계에서 살면서 음악을 즐기고 있구나. 하지만 나도 보청기만 달면 음악을 들을 수 있다는 게 다행이라고 생각했다. 하지만 나도 멋진 음악을 좀더 즐기고 싶었다.

♬ 성폭행 사건

초등학교에 갓 입학했을 때,
나는 학교 뒷산에서 모르는 남자에게 성폭행을 당했다.
그 남자가 내게 무슨 짓을 하는지도 알지 못했지만
남자의 숨소리가 거칠어지고 다리 사이에 매달린 그것을
보는 순간 그저 무섭기만 했다.

농아학교의 유치부에는 나와 같은 농아 아동들만 모여
있었다. 농아학교니까 농아들만 모이는 것이 당연한 일이
지만. 그곳에 갈 때마다 '나는 귀가 나쁘다'는 사실을 깨
닫게 된다. 농아학교의 유치부에서는 수화를 배우고 익혀
서 의사소통을 했다. 하지만 일반 유치원의 아이들은 수화
를 못하기 때문에 나는 친구를 사귈 수 없었다. 정확히 발
음하지 않으면 아이들과 의사소통이 되지 않는다는 사실
을 알고는 마음의 상처를 받았다.

아이들과 친구가 되고 싶었던 나는 귀가 안 들리는 것
을 어떻게든 만회해 보겠다는 마음에 무척 초조해하기 시
작했다. 매일 하는 어머니의 혹독한 발음 연습시간에도 귀

를 원망하곤 했다. 하지만 농아학교 유치부의 댄스 연습시간에는 춤을 추지 못하는 아이들을 보면서 우월감을 느끼기도 했다. 그때만큼은 귀가 들리지 않는다는 처지를 잊어버릴 수 있었다.

공립 초등학교는 집에서 도보로 8분도 걸리지 않는 곳에 있었다. 커다란 학교 건물을 보고 "저 학교에서 친구들을 사귀고 싶어"하며 부모님을 재촉했다. 결국 나는 그 학교에 입학허가를 받은 최초의 '청각 장애아'가 되었다. 그 학교에 입학했을 때 얼마나 기뻤는지 모른다.

부모님이 나를 일반 학교에 보낸 목적은 수화를 사용하지 않고 아이들과 말을 할 수 있게 하기 위해서였지만, 어쨌든 나는 친구를 사귀고 싶은 마음뿐이었다. 이제 좋은 친구를 많이 사귈 수 있겠지, 하는 기대와 희망으로 가슴이 부풀어올랐던 것을 지금도 생생히 기억하고 있다.

그러나 수화를 잊어버리기란 그리 쉽지 않았다. 농아학교 유치부에서 3년 가까이 수화로 말을 했던 터라 통하지 않는다는 것을 잘 알면서도 나도 모르게 손이 먼저 움찔하곤 했다. 게다가 발음도 제대로 안돼 주위 아이들은 나를 아주 신기하다는 듯 쳐다보며 마치 우주에서 온 화성인같이 취급했다. 물론 아이들은 본 적도 없는 이상한 기계를 내가 귀에 달고 있으니 그럴 만도 했다.

모두에게 주목받는다는 것은 분명 기분좋은 일이기는 하지만 그것이 바보 취급 당하기 때문이라면 기분좋을 리 없다.

어머니는 내가 초등학교에 입학한 후에도 귀 수술을 받기 위해 전문의가 있는 대학병원에 데리고 가곤 했다. 침구(침과 뜸) 치료를 한답시고 내 귀 주변에 침을 마구 꽂기도 했다. 아픔은 느끼지 못했어도 약쑥 냄새가 코를 자극해서 싫었다. 만일 내가 우리 어머니였다 해도 병원에 데리고 갔을 것이다. 집이 가난하든 어쨌든 귀를 고칠 수 있는 의사라면 어디든 가리지 않고 찾아갔을 것이다. 아이가 학교에서 이지메라도 당하고 있다면 더욱 그렇게 했으리라. 하지만 내 귀는 좋아지지 않았다.

완치될 가능성이 없다는 사실을 알고부터 어머니는 더욱더 발음 훈련에 매달렸다. 그러기 위해서는 수화를 잊는 것이 먼저였다. 왜냐하면 수화를 잊어버리면 수화 대신 말로 아이들과 대화를 할 수밖에 없기 때문이다. 어머니의 생각은 결국 들어맞았다.

초등학교 시절, 똑똑치 못한 발음이라도 상대가 알아들으면 나는 그것이 기뻐 어쩔 줄 몰랐다. 꼭 영어를 막 배우기 시작한 사람이 외국인에게 말을 걸었다가 그 말이 통했을 때 느끼는 기쁨과 같다고나 할까. 그래서 나는 몇 번이고 엉성한 발음으로라도 말을 하려 했다. 어려운 발음은 'ば(바)'와 'ぱ(파)'였는데 서로 구별할 수 있는 확실한 발음을 할 수 없어 난처한 적이 여러 번 있었다. 하지만 그러면서 점점 수화를 사용하지 않게 되었고 이윽고

어느 순간부터는 완전히 입으로만 말하기 시작했다.

초등학교에 갓 입학했을 때, 나는 학교 뒷산에서 모르는 남자에게 성폭행을 당했다. 그 남자가 내게 무슨 짓을 하는지도 알지 못했지만 남자의 숨소리가 거칠어지고 다리 사이에 매달린 그것을 보는 순간 그저 무섭기만 했다.

남자는 내가 메고 있던 가방을 내리고 스커트를 끌어 올렸다. 도망치고 싶었지만 그 남자가 당장이라도 나를 죽여 버릴 듯한 눈초리로 노려보아 도저히 용기가 나지 않았다. 내가 울음을 터트리자 이번에는 내 입을 틀어막고 곤봉 같은 것을 몸 속에 밀어 넣었다. 커다란 손이 내 작은 몸뚱이를 들어올리듯 끌어안았다. 몸이 두 쪽으로 갈라지는 듯한 아픔이 온몸을 떨게 만들었다.

내가 제대로 말하지 못한다고 해서 겨우 여섯 살짜리 아이에게 그런 짓을 하다니. 당시 나는 '성폭행'이라는 말의 의미도 몰랐거니와 부모님에게도 이 일을 말하지 못했다. 이전에 TV드라마에서 '남자가 여자를 범하는' 장면을 본 적이 있었는데 그때 여자가 우는 것을 보고, 나쁜 일을 당했구나, 하며 불쌍히 여겼었다. 나는 부모님이 슬퍼하시는 모습을 보고 싶지도 않았고 또 두려웠기 때문에 도저히 말할 수가 없었다.

벌써 20년이 지난 일이지만 아직도 잊을 수 없다. 아니, 평생 잊을 수 없을 것이다. 성폭행을 당한 뒤부터 나는 일본의 남자를 '위험한 사람'이나 '더러운 사람'이라고 색

안경을 끼고 보았다.

　내가 흑인에게 관심을 갖기 시작한 것도 이쯤이었을 것이다. TV에서 '흑인 하인'이나 '흑인 노예'를 본 적은 있었지만 실제로 흑인을 만난 적은 없었다. 나는 왜 흑인들의 피부가 검은지 궁금했다. 진흙을 온몸에 발랐을까 하는 바보 같은 생각도 했다. 또한 1950년대의 프랑스 가수이자 댄서인 죠셉 베이커라는 아름다운 흑인 여성을 TV에서 보고는 '딱 한 번이라도 좋으니까 흑인을 만나 얘기라도 해보고 싶다'는 생각을 하게 되었다.

　그런 터에 나는 도쿄역 근처에서 재즈연주자로 보이는 두 명의 흑인 남성과 마주쳤다. 그들은 플룻과 바이올린을 어깨에 메고 있었는데 횡단보도를 건너 내 쪽으로 걸어왔다. 나는 어머니의 손을 잡은 채 긴장하고 있었다. 두 사람은 내게 부드러운 미소를 지으며 지나치다가 그 중 키 큰 남자가 허리를 구부려 귀엽다며 내 볼에 살짝 키스를 해주었다. 순간 나는 몸이 얼어붙는 듯했다. 그의 눈동자와 표정이 너무나도 멋있었던 것이다.

　흑인을 처음 본 나는 '겉보기와 속' 그리고 '개성'에 대해 생각하게 되었다. 마음만 고우면 겉모습이 어떻든 무슨 상관일까. 피부색도 그 사람의 개성이며 내 귀도 나의 개성이므로 고민할 필요가 없다고 깨닫기 시작했다. 그때 나는 여섯 살이었다.

　어느 날 아버지가 내게 오르간을 선물해 주셨다. 나는

바이올린이 더 갖고 싶었지만 아버지는 바이올린은 보청기의 줄이 엉키기 쉽고 내가 알아들을 수 없는 음이 많으므로 알기 쉬운 오르간으로 정했다고 하셨다. 하지만 막상 새 오르간을 받고 보니 나는 바이올린은 안중에도 없어졌고 오르간을 연주하기 바빴다. 내가 열심히 오르간을 치고 있자니 제리가 그 소리를 듣고 우리 집으로 달려와 내 옆에서 손뼉을 치며 박자를 맞추어 주었다.

처음으로 검지손가락으로 건반을 눌러보면서 나는 정말 여러 음이 있구나, 하며 감탄을 금치 못했다. 하지만 건반의 양끝 세 음은 아무리 눌러봐도 들리지 않았다. 비록 내 귀에 들리지 않는다 해도 다른 사람들을 위해 연주하면 그것으로 충분하다고 생각은 했지만 솔직히 나는 모든 음을 듣고 싶었다.

오르간은 선생님을 따라다니며 배울 정도로 열심히 했다. 나는 오르간 외에도 여러 가지를 배웠다. 어머니는 내 장래를 생각해 내가 직업을 가질 수 있도록 습자와 미술학원도 다니게 했다. 나는 그림 그리는 것은 좋아했지만 유화를 그릴 때 코를 찌르는 냄새는 정말 참을 수 없이 싫었다. 그래서 유화를 가르치는 선생님이 되고 싶어하거나 무슨 대회에 그림을 출품한 적은 없었다.

습자는 정말 싫었다. 어머니는 습자 자격증을 취득하면 평생 먹고 살 걱정은 없다고 했지만 나에게 습자는 한마디로 고문이었다. 왜냐하면 정좌를 하고 있으면 다리가 저

려오는 데다, 무엇보다 글자를 쓰는 것이 지겨워서 견딜
수 없었다.

♪♪ 자살미수

맨 처음 나를 괴롭힌 여자아이 앞에서 손목을 자르려 했다.
죽어서 나를 괴롭힌 사람들을 저주하기 위해서였다.

초등학교 5학년 때부터 안경을 끼면서 얼굴이 못나지자 반 아이들은 나를 더욱 못살게 굴었다. 그래서 나는 어차피 촌스러운 교복을 입는 공립중학교에 가느니 시험을 쳐서 사립학교로 가야겠다는 마음을 굳히고 사복을 입는 사립중학교에 들어가기 위해 공부를 시작했다.

나는 제복이나 규제가 정말 싫었다. 왜 타인과 똑같은 인격을 가져야 하는지 이해가 가지 않았다. 머리카락은 세 가닥으로 땋아야 한다느니 파마를 해서는 안 된다느니 하는 규칙 따위로 나라는 존재가 무시당하는 것이 두려웠다.

만화와 하이틴 잡지를 탐독했던 탓에 시력이 나빠진 나는 도수가 높은 안경을 끼었는데 그 위에 교복까지 입는다는 게 용납이 되지 않았다. 때문에 반드시 교복을 입지 않는 중학교에 다니고 싶었다. 부모님은 내 희망사항을 듣고는 두꺼운 '전국중학교안내' 책자를 사왔고, 그 중에서 내게 딱 맞는 중학교를 하나 골라 주셨다. 자유스러운 교풍에다가 사복을 입고 다닐 수 있는 중학교는 극히 드물었다. 그래서 별다른 선택의 여지가 없었다. 나는 그 학교에 들어가기 위해 필사적으로 공부에 매달렸다. 가정교사도 들였고 시험에 자주 출제되는 문제집을 사서 외울 정도로 반복해서 풀었다.

그 결과는?

필기시험 성적이 커트라인에 걸려 교장선생님의 면접을 직접 받아야 했다. 이번에는 양장점에서 비싼 옷을 맞춰 입고 죽도록 면접시험 준비를 했다. 어머니가 교장선생님 역할을 맡아 내게 질문을 하면 대답하는 식으로 연습했다. 처음에는 장난을 치면서 면접연습을 하다 어머니의 센 펀치 한 대(?)를 맞고는 정신을 차리고 열심히 모의면접에 임했다. 면접이 이런 것일까 의심스럽기도 했지만.

면접 당일. 어머니는 내가 말하는 것을 녹음하라며 녹음기를 주셨다. 혹시라도 면접에 떨어졌을 경우에 대비해 어디에 잘못이 있었는지 연구하기 위해서였다. 교장선생님과의 면접에서 내가 얼마나 떨었는지 모른다. 나처럼 열심인 듯 보이는 아이가 세 명 정도 복도 의자에 앉아 대기하고 있었다. 그 아이들이 긴장하는 것을 보고는 나도 덩

달아 긴장하고 말았다.

걱정과는 달리 교장선생님은 매우 자상한 분이었다. 내가 교장선생님의 말을 알아듣지 못할 때는 천천히 반복해서 질문을 해주셨다. 결국 나는 꿈에도 그리던 학교에 입학하게 되었다. 하지만 그 교장선생님은 내가 입학한 후 다른 학교로 전근을 가셨다.

중학교는 버스와 전철을 갈아타고 한 시간 가량 걸리는 곳에 있었기에 다양한 아이들이 이곳에 오겠구나 하는 기대를 갖게 되었다. 옛날 농아학교의 유치부 선생님 댁에서 잠을 자던 날 밤, 이불 위에 드러누워 보름달을 바라보고 있노라니 불현듯 어머니의 얼굴이 떠올라 눈물을 흘린 적이 있었다. 그러던 내가 지금은 성장해서 집에서 멀리 떨어진 학교에 다니는 것이 마냥 기쁘기만 했다.

은테 안경을 끼고 잔뜩 기대에 부풀어 다니게 된 중학교였지만 언제부터인가 나는 학교수업도 제대로 따라가지 못하는 열등생 부류에 들어가고 말았다. 솔직히 말해 나는 수업시간에 선생님이 무슨 소리를 하는지 이해하기 어려웠다. 다른 아이들은 선생님이 설명하는 내용을 노트에 잘도 옮겨 적는데 나는 그럴 수 없었다. 모두들 나를 바보로 여기기 시작했다. 어릴 적 어머니와 함께 했던 맹훈련 덕택에 상대의 입술을 읽을 수 있게는 되었지만 선생님이 조금이라도 옆을 향하거나 하면 어쩔 도리가 없었다. 그리고 입술을 읽는다고는 해도 'み(미)'나 'ま(마)'와 같이

발음할 때 입술을 닫는 말은 구별하기가 매우 어려웠다.

처음에는 그런 나를 생각해서 반 친구들이 내 주위에 둥글게 모여 앉아 주었다. 하지만 내가 직설적인 말을 서슴지 않고 내뱉자 하나둘 내 곁을 떠나갔다. 그럴수록 나는 필요 이상으로 아이들의 주의를 끌기 위해 거짓말을 하거나 허풍을 쳤는데, 이 방법은 더 좋지 않았다. 나는 끝내 반 아이들로부터 따돌림을 당하게 되었다. 그때 나는 사람들을 어떻게 대해야 하는지 그 방법을 전혀 알지 못했다.

드디어 이지메가 시작되었다.

반 아이들은 내가 아무것도 모르는 줄로만 알고 내 앞에서 욕설을 퍼부었다. 내가 화를 내면 아이들은 언제 그랬냐는 듯 모르는 척 돌아섰다. 나는 사흘이 멀다하고 아이들과 다투었다. 그때 나는 은테 안경을 낀 못난이에다, 바보이고 뚱뚱한 땅딸보였으므로 이지메하기 적합한 대상이었을 것이다. 안경이 부서진 적도 여러 번 있었고 점심시간에도 같이 밥을 먹을 친구가 없었다. 그런 모습을 아이들에게 보이고 싶지 않아 화장실 안에 숨어서 도시락을 먹은 적도 있었다.

선생님에게 털어놓아도 상대해 주지 않았다. 어떤 때는 선생님이 앞장서서 내게 차별대우를 했다. 체육시간이었던가. 모두 뜀틀을 하는데 내 귀가 들리지 않는다는 이유만으로 내게 뛰지 못하게 했다. 어떻게 학교에서 이런 일이 있을 수 있는가. 귀가 들리지 않는 것과 운동신경이 무슨 상관이 있단 말인가.

마침 그즈음, 부모님이 학교 근처에 큰 집을 지어 이사를 했다. 새 집에는 훌륭한 정원도 있었고 내 방도 있었다. 무엇보다 냄새나는 재래식 변소가 청결한 수세식 화장실로 바뀐 것이 가장 기뻤다. 하지만 집이 커짐으로써 가족들과 얼굴을 마주치는 일이 전보다 줄어들어 쓸쓸할 때가 있었다. 나는 매일 학교에서 당하는 이지메로 방 안에 처박혀 고민했다.

견디다 못해 나는 어머니에게 학교를 그만두고 싶다며 의논을 해보았지만 들어주지 않았다. 점점 나는 어긋나기 시작했다. 학교도 집도 싫어진 나는 이제 발붙일 곳이 없어졌다. 살아 있어도 살아 있는 것 같지 않았다.

공부는 왜 해야 하는지, 귀도 들리지 않는 내가 장래에 어떤 일을 할 수 있을지도 고민이었다. 매일 계속되는 이지메에 몸과 마음이 지칠 대로 지친 나는 끝내 '자살'을 결심하게 되었다.

맨 처음 나를 괴롭힌 여자아이 앞에서 손목을 자르려 했다. 죽어서 나를 괴롭힌 사람들을 저주하기 위해서였다. 그런데 우습게도 그 여자아이는 손목을 베려는 나를 필사적으로 막으며 억지로 내 손에서 면도칼을 뺐는 것이 아닌가. 왜? 내가 싫어서 나를 괴롭힌 주제에, 날 괴롭히면서 낄낄거린 주제에. 왜 내 생명을 구하려는 거야? 겁이

자살미수

나서? 이유는 알 수 없었다. 그 아이가 내게 자살만은 하지 말라며 간곡히 애원하는 바람에 손목을 자르는 것을 포기했다. 그래도 나는 살아 있다는 느낌이 들지 않았고 내가 죽는다 해도 아무도 슬퍼하지 않으리라는 것을 알고 있었다.

자살을 시도한 다음 날도 여느 날과 마찬가지로 이지메는 계속되었다. 그러다가 나는 종교에 의지하게 되었다. 지치고 병든 마음을 구해줄 무언가가 필요했던 것이다. 마음을 가라앉히고 '오늘은 제발 아무 일도 일어나지 않게 해주세요' 하며 기도하고 싶었다. 기독교를 비롯해 여호와의 증인, 불교 등을 독학으로 공부했다. 집 근처의 교회를 다니며 성가를 불렀다. 종교를 통해 알게 된 사람들은 학교 친구들처럼 나를 괴롭히지도 않았고 오히려 따뜻하게 대해 줘서 나는 그들과 함께 하는 시간에는 마음이 편안했다.

그러나 내가 종교에 빠져드는 것을 부모님은 용납하지 않았다. 성서를 읽는가 싶더니 불경을 외우질 않나, 무슨 일만 있으면 '하나님이 어쩌고' 타령을 했으니 말이다. 물론 부모님 입장에서 생각해 보면 애가 왜 이러는가 싶었을 것이다.

어머니가 끝내 참지 못하고 나를 정신병원에 넣을 거라며 소리치셨다. 그 말에 나는 정신병원에 가면 병든 마음이 나을 것만 같아 매우 기뻐하자 어머니는 기가 차다는

듯 할 말을 잃었다. 결국 나는 부모님에게 성서며 불경이
며 모조리 빼앗겼고 다시 의지할 곳을 잃어버린 채 완전
히 풀이 죽었다.

반 친구들로부터 미움을 받았지만 그래도 단 한 명 내
편이 있었다. 그 아이는 독일에서 태어나 일본으로 귀국한
아키짱이라는 여자아이였다. 그 아이도 나처럼 직설적인
데다 장애자였다. 수영인지 무언지 하다가 다쳐 다리가 마
비되어 제대로 걸을 수 없게 되었다고 했다. 아키짱과 나
는 천천히 대화를 나누었고 그녀는 내가 알아듣지 못할
때는 친절히 종이에 써주기도 했다.

아키짱은 강인한 아이였다. 아키짱도 정상인처럼 걷지
못한다는 이유로 남자아이들의 놀림을 받았지만 그 아이
는 오히려 자신을 괴롭히는 아이들을 향해 고함을 지르거
나 물건을 던지면서 반항했다. 어렸을 때 싸움꾼이었지만
이제 사람을 때리거나 발로 차는 것을 잊어버리고 있었던
내게 아키짱은 우상이었다.

나는 아키짱과 같이 학교를 땡땡이치고 정처 없이 길을
걷거나 가게에서 물건을 훔치기도 했다. 훔치는 일은 언제
나 스릴이 있어 좋았다. 해서는 안 된다는 것을 잘 알면서
도 물건을 훔치면 기분이 상쾌해졌기에 도저히 그만둘 수
가 없었다. 수업을 빼먹고 만화가게에서 순정만화를 몰래
보다 선생님에게 들켜 어머니의 귀에 들어가기도 했다. 그
날 저녁 집으로 돌아가자 현관 앞에는 왔다갔다하며 나를

기다리는 어머니가 서 계셨다. 얼마나 무서웠던지.

이렇게 해서 부모님도 나를 불량소녀로 보게 되었다. 아키짱 외에는 고민을 털어놓을 친구도 없어 매우 괴로웠다. 말을 못하니까 바보 취급 당하는 것이다. 신나게 물건을 훔쳐 놓고서는 후회도 많이 했다. 앞으로 어떻게 하면 좋을까 생각할 때마다 절망적인 기분이 되었다.

어느 날, 어머니가 어디선가 팸플릿을 가지고 오셨다. 열어 보니 장애자 시설에서 일하는 사람들의 사진이 있었는데 그들은 편지봉투나 머리핀을 만들고 있었다. 팸플릿에는 '일본의 사회에는 장애자를 받아들이는 곳이 적기 때문에 일을 하고 싶은 장애자들을 위해 이 시설을 만들었습니다. 장애자들에게 지급되는 급료 등 제반 경비는 모두 기부금으로 운영되고 있습니다. 앞으로는 장애자들도 자립해서 생활할 수 있습니다' 하는 내용이 쓰여 있었다. 그 글을 읽고 나는 큰 충격을 받았다. 장애자들에게는 그 방법밖에 달리 살아갈 길이 없는 것 같았기 때문이다. 나는 내 귀를 더욱 원망하게 되었다.

가정형편이 어려웠던 시절에는 보청기를 싸게 사기 위해 어머니는 시청에 보청기 신청을 했다. 그때 담당자의 태도가 냉담했다고 어머니는 말한다. 지급된 보청기는 구형에다 내 귀에도 맞지 않았다. 어머니는 이렇게 무시당할 바에는 차라리 빚을 내서라도 보청기를 사 주시겠다며 10만엔이나 하는 비싼 보청기를 내게 사주셨다.

언제부터인가 나는 고개를 숙이고 학교에 다니는 아이로 변했다. 어릴 적 동네 남자아이들에게 발길질하던 말괄량이 기질은 온데간데없이 사라졌다. 장래의 일을 생각하면 할수록 슬퍼져서 밤마다 눈물로 베개를 적시기 일쑤였다. 차라리 죽는 것이 행복할지 모른다는 생각도 했다.

어느 날 2층에 있는 내 방 창문에서 뛰어내리려는데 여동생에게 들키고 말았다. 여동생은 "언니가 죽으면 어머니가 우실 거야" 하며 나를 말렸다. 내가 죽어서 어머니를 슬프게 한다면 자살은 하지 말자고 결심했지만 내 얼굴의 그늘은 사라지지 않았다.

그때 나는 겨우 열다섯 살이었다.

♪♪ 복수극

복수를 위해서는 전략이 필요했다. 먼저 이지메를 당하면 기분 나쁘게 웃어주자. 울거나 화를 내면 나의 패배를 인정하는 꼴이 될 뿐이다.

　아키짱의 집은 부유해 집에서 미국의 TV프로그램을 볼 수 있었고 패션 잡지나 미국의 하이틴 잡지가 집안 여기저기 가득했다. 그녀는 옷을 입는 감각도 뛰어났는데 학교에 패션 잡지를 가져와서 내게 옷 입는 법이나 멋부리는 법을 자세히 가르쳐 주기도 했다.

　나도 예전부터 멋부릴 줄 아는 사람들을 부러워했지만 우리 집은 립스틱을 바르는 것도 반지를 끼는 것도 금지되었다. 용돈이라고 해봤자 점심값과 교통비나 겨우 해결할 정도였으므로 새 옷을 살 만한 여유가 없었다. 기껏해야 옷장 안을 뒤져 어머니의 낡은 옷으로 멋을 내는 정도였다.

멋을 부리고 싶었다. 그래서 주위 사람들에게 좋은 인상을 심어주고 싶었다. 한껏 멋을 내면 내 기분도 좋아지니까. 어두운 성격을 고치겠다는 일념으로 매일 머리에 세팅기를 감았다.

우리 반에 굉장히 예쁜 아이가 있었는데 다른 아이들에게 무척 인기였다. 그 여자아이를 보면서 어떻게 저 아이는 항상 밝을 수 있는지 궁금했다. 왜? 얼굴이 예뻐서일까, 아니면 마음씨가 고와서일까. 하지만 그것만으로는 아이들의 사랑을 받을 수 없을 거라고 생각했다. 나는 어떻게 하면 아이들과 친해질지 알 방법이 없었다. 혹시 책에 해답이 나와 있을까.

나는 어렸을 때부터 책읽기를 무척 싫어했다. 만화책이나 그림책은 그림 때문에 자주 보았지만 국어(일본어)는 형편없었다. 나는 문장을 읽으면 머리 속에 영상이 그려진다는 말을 이해 못했다. 더구나 국어 시간에는 선생님이 무슨 말을 하는지 알아들을 수 없어 더욱 싫었다.

어머니는 툭하면 나보고 책을 읽으라고 하셨다. 내 책장에는 책이 빽빽이 꽂혀 있었는데 반 이상이 그림책이었다. 그러나 책장에 있는 책을 꺼내 읽어 본 적이 없었기에 책에는 먼지가 잔뜩 끼어 있었다. 내게 책을 읽히기 위해 어머니는 틈만 나면 책을 사 주셨다. 하지만 나는 읽지 않았다. 그런 나에게 어머니는 책을 읽는 일은 매우 중요하다고 강조하셨다. 어머니는 책은 지식의 보고이므로 읽으면 여러 가지를 알 수 있다고 했다. 그때 나는 이런 생각이 들었다.

여러 가지를 알 수 있다고? 책을 읽으면 무엇을 알게 된다는 걸까. 혹시 어떻게 하면 친구들을 사귈 수 있는지도 책을 읽으면 알 수 있다는 말일까?

나는 진정 알고 싶었다. 그 답을 찾기 위해 어느 날 나는 먼지를 떨어내며 책장 안에 있는 책을 꺼내 들었다. 재미있을 것 같아 보이는 그림책을 골라 보았더니 초등학생들이 읽는 '게으름뱅이 왕과 촐랑이 왕비'라는 제목의 그림책이었다.

줄거리는 이렇다. 어느 나라에 게으름뱅이 왕이 살았는데 매일 따분한 생활을 보내고 있었다. 게으름뱅이 왕은 제멋대로 굴어 모든 사람에게 미움을 받았다. 하지만 촐랑이 왕비는 말괄량이로, 밥만 먹으면 바로 자리에 눕는 왕과는 달리 바깥 세상으로 나가 사람들과 친하게 지냈다. 그러던 어느 날 왕은 원인불명의 병에 걸리고 만다. 침대에 누워 신음하고 있는 왕을 왕비가 억지로 밖으로 데리고 나온다. 그때부터 게으름뱅이 왕의 새로운 발견이 시작되면서 지금까지의 자신의 삶을 반성하게 된다. 그는 자신의 힘으로 조그만 집을 세우려고 마을로 재료를 사러 가다 메모를 하나 발견한다. 그 메모에는 '먼저 남을 생각하라. 그리고 나서 자신을 생각하라. 그것이 가장 좋은 것이다'라는 글이 적혀 있었다. 게으름뱅이 왕은 그 말에 깨달는 바가 있어 성으로 돌아와서는 새로운 인생을 시작했다는 이야기이다.

책 속의 메모를 읽은 순간 그간의 나의 궁금증이 풀렸다. 사람을 사귀기 위해서는 이렇게 하면 좋다, 저렇게 해서는 안 된다며 계산하는 것이 아니라 먼저 남을 생각하는 마음만 가지고 있으면 된다는 점을 깨달았다. 그렇다. 나는 언제나 나밖에 몰랐다. 왜 밝고 예쁜 그 아이가 반에서 가장 인기가 있었는지 또 왜 내가 미움을 받았는지 알 것 같았다. 결국 다른 사람을 나와 같이 생각하면 되는 것이다.

갑자기 눈물이 나왔다. 그 동안 내가 얼마나 많은 사람들에게 상처를 입혔는가를 생각하니 괴로웠다. 모두에게 미안한 마음이 들었다. 친구를 사귀고 싶어서 보통 학교에 들어갔는데 나와 친구가 되기 위해 내게 다가온 아이들을 나도 모르게 상처 입히고 말았다.

중학교 때 아이들이 그대로 같은 고등학교로 진학하였다. 물론 시험을 쳐서 다른 고등학교에 갈 수도 있었다. 그렇게 하면 나를 괴롭히던 아이들을 보지 않아도 될 것을 나는 그들과 함께 진학하는 쪽을 선택했다. 그들과 화해하고 싶었기 때문이다. 나는 더 이상 이전의 어두운 내가 아니고 남을 생각하지 않고 나밖에 모르는 아이가 아님을 보여주고 싶었다. 그리고 그들과 친해지고 싶었다.

나는 그렇게 마음을 먹고 고등학교에 진학했다. 고등학

교 2학년 때까지 이지메를 당하면서도 그것은 어디까지나 내 잘못이라고 여기고 참았다. 아이들이 괴롭힐 때마다 내가 잘못했다고 생각하려 했다. 하지만 2년이 지나도 이지메는 끝나지 않았다. 상대도 인간이라면 적어도 내 기분을 알아줄 수 있을 텐데, 왜, 왜……

2년이 지나자 나는 이지메를 하는 아이들은 그것 자체를 즐기기 때문에 이지메를 그만둘 수 없다는 점과, 비겁하게도 그들은 내가 잘못을 인정하는 점을 이용해 더욱 악랄하게 괴롭힌다는 사실을 깨달았다. 그 순간 나는 도저히 더 이상 참을 수 없었다.

나는 어릴 적 곧잘 아이들을 때리고 발로 차던 내 모습이 되살아났다. 나는 약하지 않아, 내가 화나면 얼마나 무서운지 보여주자! 중학교 때부터 5년간 나를 괴롭혀 왔던 녀석들에게 본때를 보여주자. 나는 이렇게 마음먹었다.

복수를 위해서는 전략이 필요했다. 먼저 이지메를 당하면 기분나쁘게 웃어주자. 울거나 화를 내면 나의 패배를 인정하는 꼴이 될 뿐이다. 상대가 원하는 대로 따라 주지 말자.

나는 그 가운데 한 가지를 실행에 옮겼다. 이지메를 하는 아이들은 하급생들 앞에서는 '좋은 선배'인 것처럼 행세를 했는데, 나는 하급생들에게 이렇게 말했다. 가령 '저 선배는 겉으로는 선한 것 같지만 반 친구를 얼마나 괴롭히는지 모른다', '저 아이는 사실 이중인격자야'라는 식으

로. 효과가 있었다. 내가 고등학교를 졸업할 즈음 그들은
내 앞에 모습을 드러내지 않았다. 나는 졸업식이 얼마나
즐거웠던지 모른다. 두 번 다시 그 아이들을 보지 않을 것
이다.

♪♪ 첫사랑

처음 만난 남자는 근육질에다 성적매력이 넘치는
젊은 남자였는데 흔쾌히 나의 유혹에 넘어와 주었다.
그의 이름은 '찰리', 본명은 '난다포'라고 했다.

멋내기를 좋아하던 나는 패션디자이너가 되기 위해 디자인 전문학교에 들어갔다. 4년제 대학이나 전문대학에 진학할 마음도 없었고, 무엇보다 여대생이 되는 것이 싫었다. 왜 주위 사람들과 같은 길을 걸어야 하는지도 의문스러웠다. 어쩌면 나는 학력 위주의 사회 풍토에 반항하고 싶었는지 모른다.

디자인 전문학교에 입학하고부터 멋진 옷을 입을 수 있는 몸매를 만들기 위해 헬스클럽에 가입했다. 당시 나는 엄청난 뚱보였다. 에어로빅으로 빠지지 않는 살을 수영으로 뺐다. 트레이닝 머신으로 근력을 단련해 몸을 탄력 있게 키웠다. 일주일에 5일씩 부지런히 헬스클럽에 갔다. 처

음에는 근육에 통증이 오고 힘들었지만 몸이 튼튼해지면
서 운동을 하는 즐거움을 알게 되었다.

전문학교에서는 디자인과·상품기획과·도안과를 전공
했다. 나는 디자인과와 상품기획과는 적성에 맞았어도 도
안과는 싫었다. 디자이너가 그린 그림과 평면도를 보면서
옷감을 잘라내어 마네킹에 핀으로 고정시키는 작업이 따
분했기 때문이다. 선생님은 '디자이너가 되기 위해서는 도
안의 노하우가 없으면 안 된다'며 나를 꾸중했지만 속으
로는 도안을 잘하는 디자이너와 함께 일을 하면 되지 않
느냐며 귀담아듣지 않았다. 너무 낙천적인 것도 문제라면
문제지만.

디자인과의 과제는 한 달에 한 번 있었는데 작업이 쉽
지 않았다. 예를 들어 '60년대의 유행스타일'이라는 테마
가 정해지면 먼저 60년대의 패션이 어떤 것이었는지 잡지
와 책에서 조사해 보고 자신이 회사에 고용된 디자이너라
는 가정하에 타이틀과 이미지사진, 컬러견본, 옷감견본, 모
양견본, 디자인화 몇 장, 평면화 몇 장을 준비해야 한다.

또한 디자인과의 과제는 '이 스타일을 시장에 출하하면
돈을 벌 것이다'는 상품기획이 전제되어야 한다. 실제 거
리에 가지고 나가도 부끄럽지 않는 옷을 만들지 않으면
안 된다. '이 색을 사용하면 좋다'거나 '이런 스타일이면
모두가 좋아할 것이다', '이 디자인은 새로운 감각이다'
등을 생각하는 것이다. 보통 디자이너의 아이디어가 시장

에 나가 일반 사람들이 접할 수 있게 되기까지는 2년의 세월이 걸린다고 한다. 그러므로 디자이너는 2년 후의 유행을 생각하고 작업해야 한다. 바로 이것이 디자인의 어렵고도 재미있는 점이다.

과제의 평가 결과와 주의점에 대해 선생님은 개별적으로 가르쳐 준다. 학생들은 '왜 이런 타이틀을 붙였는가' 혹은 '이 옷감을 사용한 이유는 무엇인가' 등을 설명해야 할 때도 있는데, 이는 디자이너의 세일즈 능력을 키우기 위한 것이다.

전문학교 시절에 나는 자주 책방에 갔다. 사진집도 닥치는 대로 많이 보고 패션의 역사에 관한 책을 읽고 잡지도 많이 샀다.

학교수업이 끝나면 헬스클럽으로 직행하여 수영을 했다. 수영을 하면 정신이 맑아졌다. 규칙적으로 수영을 하다보니 어느새 10kg이나 살이 빠졌다.

그때부터인가. 남자들이 뜨거운 눈길을 보내며 내게 접근해 왔다. 하지만 여태 남성을 이성으로 생각해 본 적은 없었다. 아마 오랜 세월 이지메를 당하면서 내게 남자는 '적'과 같은 존재였기 때문일 것이다. 거기다 여섯 살 때 강간당한 경험도 잊을 수 없었다. 남자에 대해서는 생리적으로 거부반응이 일어났다. 뚱보가 된 것도 남자를 피하기 위한 방편이었다.

그러나 이제 나는 뚱뚱하지 않았다. 내가 연애를 하고

싶은 상대는 일본인 남성보다 나와 공통점이 많은 흑인 남성이었다. TV뉴스를 통해 뉴욕에서 일어난 흑인운동 실황을 본 적이 있었다. 데모를 하면서 흑인들은 경찰에 맞서고 있었다. 그때 'GET FREE(자유를 달라)!'고 외치는 그들의 모습을 보는 순간 심장이 멎는 듯했다. 그 뒤 미국의 역사책에서 '흑인차별'은 2백년 전 아프리카에서 노예로 끌려왔을 때부터 지금까지도 계속되고 있음을 알았다.

흑인들은 지금도 차별에 맞서 투쟁하고 있구나, 하고 생각하니 '자유를 달라'는 그들의 외침이 깊은 감동을 주었다.

초등학교부터 고등학교까지 나는 귀가 들리지 않는다는 이유로 반 친구들과 선생님에게 차별대우를 받았다. 차별하는 쪽에서는 내 귀에 대해 무지하여 의식하든 그렇지 않든 내게 상처를 주었다. 그래서 나는 흑인들의 기분을 잘 알 수 있었다.

흑인도 우리와 같은 인간이다. 귀가 나쁜 나도 모두 같은 인간이다. 차별과 이지메를 당할 때마다 나는 울었다. 아마 나보다 흑인들이 훨씬 더 많이 울었음에 틀림없다. 그것도 타고난 피부색 때문에. 아무리 씻고 또 씻어도 지워질 리 없는 검은 피부. 나는 귀가 나쁘다 해도 발음과 대화 연습을 하면 어느 정도 해결될 수 있지만 흑인들은 피부색을 바꿀 수 없다. 바꿀 수 없는 피부색과 인종 때문에 흑인들은 강해져야 했다.

기나긴 차별의 역사에 저항하는 그들의 모습이 아름다
웠다. 그러면서 내가 결혼할 상대는 서로의 마음을 이해할
수 있는 흑인 남성이라고 마음속으로 정했다.

남자와 사귄 적도 없고 연애하는 법도 모르는 내가 록
뽕기(六本木)의 레게 바에서 흑인 남성들을 사로잡았다.
당시 나는 아버지 소유의 아파트를 빌려 혼자 살고 있었
기에 밤만 되면 밖으로 나돌았다. 레게 바는 아는 친구가
소개해 준 곳으로 나는 그곳에서 처음으로 흑인 남성을
만났다. 처음 만난 남자는 근육질에다 성적매력이 넘치는
젊은 남자였는데 흔쾌히 나의 유혹에 넘어와 주었다. 그의
이름은 '찰리', 본명은 '난다포'라고 했다. 처음 사귄 남
자친구는 아프리카에서 온 흑인 남성이었지만, 나는 어느
나라에서 왔든 무조건 흑인과 사귀고 싶었다.

찰리의 방은 어느 가정집의 창고를 빌린 곳이었는데 좁
고 어두컴컴한데다 지저분했다. 그 먼 아프리카에서 일본
으로 건너와 이런 방에서 생활하는 찰리가 불쌍해서 나는
매일 학교수업이 끝나는 대로 시장에서 도시락을 사서 그
의 집으로 갔다. 그때 나는 그에게 홀딱 빠져 있었다.

찰리는 정말 괜찮은 남자였다. 나에게 나이지리아 카레
를 만들어 주기도 했다. 나이지리아 카레는 뼈 있는 소고
기를 사용해서 고기가 부드러워질 때까지 푹 삶은 것으로
한 입만 먹어도 목구멍이 타오를 정도로 아주 맵다. 우리
는 시내를 돌아다니며 데이트를 했다. 신주쿠(新宿)에도

자주 갔고 카페에서 몇 시간이고 이야기도 했다. 그는 내게 '나이지리아의 수제화를 일본에 수입하는 일을 하면서 아이들을 여러 명 낳아 나이지리아에 있는 가족을 만나러 가자', '일본에 온 것은 돈을 벌기 위해서였다. 언젠가 나와 함께 나이지리아에 가자'는 이야기를 자주 했다. 또 그는 농담을 잘해서 나를 언제나 웃겨주었다. 나는 그런 그가 정말 좋았다.

그러던 어느 날 그가 해고를 당하는 바람에 방세를 내지 못하고 쫓겨날 지경에 이르렀다. 그가 내게 도움을 요청해 와 처음으로 그의 여권을 보았더니 불법체류자였다. 여권에는 체류허가를 받은 도장이 없었다. 이대로 두면 그는 일본에서 집도 돈도 없이 떠돌아다니는 부랑자가 될 것은 불 보듯 뻔한 일이었다. 그래서 나는 그와 동거할 것을 결심하고 부동산업자를 찾아다니며 함께 살 방을 구했다. 하지만 우리 부모님에게 들켜 계획은 무산되고 나는 집으로 끌려 왔다. 아버지는 더 이상 바보 같은 짓은 하지 말라며 화를 내셨고 어머니는 흑인은 절대 안 된다며 나를 엄하게 꾸짖었다.

그래도 찰리에 대한 나의 마음은 변하지 않았다. 자유롭게 그와 만날 수는 없었지만 학교에 가는 척하며 그를 만나러 갔다. 나는 필사적으로 그에게 매달렸다. 부모님은 어떻게든 나와 찰리를 떼어놓으려 했지만 나는 그를 절대 포기하지 않았다.

취직시험과 좌절

나는 어려운 일을 하고 싶었다.
귀가 들리지 않아도 나는 도전하고 싶었다.

우여곡절 끝에 겨우 그가 아파트와 새 직장을 구했다. 부모님에게 들킨 지 반년이나 지나서였다. 그의 문제가 해결되고 마음이 안정되자 나도 디자인 공부에 집중할 수 있었다. 디자인 학교에 들어간 지 4년째 되던 해 졸업작품을 제작하면서 취업준비도 했다. 워드프로세서를 마스터하고 면접도 연습했으며 취업설명회에도 참가했다.

전문학교에는 장애자 전문 구인이 있어 그쪽을 알아보았다. 일류 의류회사들 중에서 여덟 곳을 골라 취직안내서를 보내줄 것을 부탁했다. 장애자 전문 구인에 왜 일류기업만 모여 있는가 하면 법률상 '종업원 수의 몇 퍼센트는 장애자를 고용해야 한다'는 조항이 있기 때문이라고 취업

담당자는 말했다.

나는 회사에 이력서와 함께 '저는 청각장애자입니다. 의사소통은 독화(讀話:종이에 써서 말을 함)와 구화(口話:입술을 읽어 입으로 말함)가 가능하므로 문제없습니다. 저는 디자인 전문학교에 4년간 수학하여 디자이너가 되는 것이 꿈입니다. 귀사의 면접을 꼭 받고 싶습니다만 귀사에서 편하신 날짜를 정해 주시면 감사하겠습니다. 바쁘신 가운데 제 편지를 읽어주셔서 정말 감사드립니다. 언제라도 좋으니 제게 팩스를 보내주십시오' 하는 편지를 보냈다. 8개 회사 중에 최종 면접일까지 결정된 곳은 5곳이었다.

귀가 나쁘니 면접까지 갈 일도 없겠지, 하며 기대를 하지 않았는데 의외의 반응에 놀랐다. 그 뒤에는 잡지에서 취업에 성공한 사람들이 쓴 어드바이스를 읽어보거나 회사 안내서를 읽는 등 면접 준비를 게을리하지 않았다. 취업활동에서 가장 중요한 것은 말씨와 첫인상, 적극적인 마음자세임을 알고는 그에 맞추어 연습을 했다.

나는 실제 면접에서 상당히 긴장했다. 그 중 가장 인상에 남은 곳이 모 유명기업 사장의 면접이었다. 무슨 이유에서인지 사장이 직접 나만 사장실로 불러 면접을 보게 했다.

내 졸업작품을 본 사장은 훌륭하다, 재능이 있다며 칭찬을 아끼지 않았다. 졸업작품은 일본의 키모노 옷감에 금박을 단 뒤 아프리카 의상처럼 디자인한 것이었다. 내 스스로도 잘했다는 자신이 있었고 평가도 백점 만점에 99점이었다.

　사장은 내게 왜 디자이너가 되고 싶은지 그 이유를 물었다. 나는 "디자이너가 되는 것이 제 꿈입니다. 어릴 때부터 그림과 만화를 잘 그렸고 멋부리는 것을 좋아해서 패션디자이너 일을 하고 싶다고 생각했습니다. 학교에서는 잘 팔리는 상품에 대해 공부했습니다"하고 대답했다. 그러자 사장은 말했다. "학생의 작품은 정말 훌륭합니다. 하지만 당신을 디자이너로 채용하고 싶어도 그 일에는 회의가 많습니다. 디자이너는 상품기획 파트의 사람, 영업 파트의 사람, 공장 사람들과 같은 많은 사람들에게 당신의 생각과 아이디어를 말해야 합니다. 그런데 귀가 들리지 않고도 디자이너 일을 제대로 할 수 있을지 의문입니다."

　그 사장은 이전에도 나처럼 청각 장애자를 고용한 적이 있었는데 그 사람은 직물 디자이너였다면서 내게도 패션디자이너가 아닌 직물 디자이너로 희망직종을 변경하도록 권유했다. 면접에서 나는 '직물 디자이너로 채용한다'는 내정을 받았으나 그 방면은 정말 하고 싶은 일이 아니었기에 별로 기쁘지 않았다.

　결국 나머지 네 곳도 내게 '패션디자이너가 아닌 수입 수출 업무'나 '상품기획 업무'라면 채용할 의사가 있다고 전해 왔다. 나는 어려운 일을 하고 싶었다. 귀가 들리지 않아도 나는 도전하고 싶었다.

파이팅!

지금까지 귀가 들리지 않는다는 것 때문에 많은 사람들에게 바보 취급 당하면서도 절대 지지 않고 패션디자이너가 될 꿈을 가지고 학교에 갔거늘 입사 면접에서 이렇게 무참하게 끝날 줄이야. 나는 디자이너가 될 자신이 있는데도 회사는 나를 받아주지 않았다.

　　그래서 나는 정보산업계 기업을 알아보기 시작했다. 그쪽 사람들은 융통성도 있으니 내게 차별대우를 하지 않을 것이라고 기대했기 때문이다. 면접에서 "디자인 전문학교를 4년이나 다녔으면서 왜 이곳에 지원했습니까?" 하며 인사부 과장이 묻기에 나는 이렇게 답했다. "나는 패션디자이너가 되고 싶었지만 아무도 절 받아주지 않았습니다. 단지 내가 청각 장애자라는 이유로 말입니다. 하지만 이곳은 재능과 역량으로 직원을 뽑는다고 들어 지원했습니다." 이렇게 해서 나는 그 회사에 취업하게 되었다.

　　그러나 패션디자이너를 완전히 포기한 것은 아니다. 기회가 있으면 언제라도 다시 그 꿈에 도전할 것이다.

제2장

흑인 남성들과의 연애

♥ 밤놀이를 즐기는 사회인

귀청이 떨어질 정도로 크게 울려 퍼지는 레게와 힙합 음악에
온몸을 맡기고 춤을 추면 기분이 날아갈 것만 같았다.

입사식. 불편한 정장을 입고 도심가를 활보하는 것이 마
치 사회인이 되었다는 일종의 의식같이 느껴져 다소 부끄
러웠다. 나는 요란한 장식이 없는 무난한 디자인의 정장을
입었다.

노랗게 물들인 내 머리를 일부러 검게 염색하고 싶은
생각은 없었다. 전문학교 때부터 레게 바, 힙합 클럽을 드
나드는 것이 큰 즐거움이었기에 그런 장소에 어울리는 머
리를 하고 싶었고 피부도 검게 태우는 것을 그만두고 싶
지는 않았다. 과연 이런 내가 사회인이 될 수 있을까. 귀
가 문제가 아니라 오히려 남들 눈에 띄는 외모에 신경이
쓰였다.

이런 나의 불안을 없애준 것은 입사식에서 본 많은 선배사원들의 모습이었다. 모두 개성이 넘치는 신세대들 뿐이었다. 나를 뽑아준 이유를 알 것 같았다.

나는 총무과에 배속되었다. 같은 건물 안에 인사부, 편집부, 마케팅부, 경리부 등이 있었는데 내가 기대한 대로 융통성이 있는 사람들만 모여 있는 것 같아 분위기에 적응하기 쉬웠다. 내가 맡은 업무는 사내보의 편집과 제작, 그리고 사내 우편물을 구분하는 일이었다.

우리 회사는 사내보를 주당 한 권 발행했다. 물건을 만드는 것을 좋아하던 나는 이 일이 적성에 맞았다. 선배사원에게 편집작업을 배우는 내내 가슴이 설레었다. 나는 편안한 일이 적성에 맞지 않았다. 귀가 나쁘고 발음에 문제가 있다는 점을 이용하고 싶지 않았다. 노력해서 가능한 일이라면 무엇이든 하고 싶었다. 고등학교 때 패밀리 레스토랑의 웨이트리스와 맥도널드의 점원에 도전했지만 두 곳 모두 발음이 온전치 못하다고 면접에서 떨어졌다.

그래도 기죽지 않고 나는 전문학교에 진학한 후에도 근처에 새로 개점한 슈퍼마켓 점원에 지원했다. 채용은 되었으나 내게 주어진 일은 야채매장 뒤에서 야채와 과일을 잘라 무게를 재고 가격을 붙이는 일이었다. 그 일도 나름대로 보람은 있었지만 점점 익숙해지면서 그저 '쉬운 일'로 느껴졌다. 결국 나는 그 아르바이트를 그만두었다. 나는 무리일지 몰라도 웨이트리스나 물건을 파는 점원을 해

보고 싶었다. 무리라고 여겨지기 때문에 더욱 해보고 싶었는지 모른다.

이런 성격이니 당연히 나는 사내 우편물을 구분하는 일 정도는 누구나 할 수 있는 간단한 일인 것만 같아 싫증나기 시작했다. '보다 머리를 사용하는 일을 달라'며 의욕에 넘친 나머지, 나는 사내보의 편집과 제작 업무에만 열중하려 했다. 나의 이런 모습이 마음에 들지 않았는지 입사 때부터 계속 나를 못살게 구는 여자 사원이 한 명 있었다. 그녀는 내게 자신이 만든 엉성한 사내보를 아주 자랑스럽게 보여주기도 했다.

그녀는 나보다 오래 이 회사에 근무했으니 선배일 수는 있어도 고작 그 정도의 사내보밖에 만들 수 없는 주제에 내게 그러는가 싶어 반발했다. 그녀가 나를 꾸중할 때마다 '언젠가 내가 사내보 편집책임자가 되면 가만두지 않겠다'는 일념으로 일에 열중했다. 그녀가 나를 미워한다고 해서 그녀의 마음에 들도록 행동할 마음도 없었다. 이제 더 이상 사람들에게 기가 죽어 아첨하고 싶지 않았다.

어쨌든 그 선배 사원과 나는 자주 부딪혀서 다툼이 끊이지 않았다. 그 여자 입장에서는 귀도 나쁜 주제에, 하며 분함을 참지 못했을 것이다. 뒤에서 내 험담도 했던 모양이다. 그러나 나는 한 번도 그녀의 험담을 하지 않았다. 단지 내게 뭐라고 할 때만 따지고 들었다.

하지만 회사에는 나를 못살게 구는 선배가 있었는가 하

면 반대로 나를 귀엽게 여겨준 선배도 있었다. 내 실수를 덮어 주고 대신 전화로 윗사람에게 사죄하는 모습을 보았을 때 나는 '이 선배는 정말 좋은 사람이구나. 절대로 폐를 끼치지 말아야지' 했다.

나 같은 청각 장애자가 이미 회사의 인사부에서 일하고 있어서인지 모두 천천히 이야기를 해주거나 그래도 알아듣지 못할 때에는 종이에 써서 내게 건네주기도 했다. 농아도 일할 수 있는 시스템이 갖추어져 있었던 것이다.

당시 나는 부모님과는 함께 살고 싶지 않아 회사의 여자기숙사에 들어갔다. 디자인 전문학교를 다니던 때에 혼자 살던 버릇이 든 데다 무엇보다 찰리와 자유롭게 만날 수 있었고, 또한 밤에 돌아다닐 수 있었기 때문이었다. 나는 회사 일이 끝나고 밖으로 나오면 언제나 클럽이나 바를 찾았다. 일주일에 최소 3일은 클럽에 놀러갔다.

항상 혼자서 갔다. 회사에서 기분나쁜 일이 있을 때도 그곳에서 술 마시고 춤을 추면서 잊어버렸다. 귀청이 떨어질 정도로 크게 울려 퍼지는 레게와 힙합 음악에 온몸을 맡기고 춤을 추면 기분이 날아갈 것만 같았다. 나는 말은 알아듣지 못해도 리듬을 듣고 느낄 수는 있었다.

이 말을 들으면 모두 깜짝 놀랄지 모르나, 나는 들은 음의 고저를 물결선으로 그릴 수 있었다. 어릴 적 클래식 음악을 들으며 그림을 그리다가 무의식중에 손이 움직였다. 종종 나는 들려오는 소리의 파동을 곡선으로 그리면서 놀았다. 그래서 지금도 구급차나 경찰차 소리, 아기의 울음 소리 등도 곡선으로 옮길 수 있다.

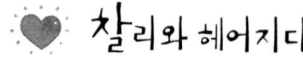

찰리와 헤어지다

사랑해, 사랑해. 바람 피운 건 정말 잘못했어.
제발 나에게 돌아와 줘,
하며 그는 울음 섞인 목소리로 내게 매달렸다.

전문학교 때부터 사귀던 찰리와 만날 수 없는 날에는
다른 흑인 친구들과 함께 놀았다. 클럽에서 아침까지 춤을
추다 24시간 영업하는 편의점에서 아침을 먹으면서 싱거
운 농담도 주고받았다. 내 옆에는 항상 흑인 남자가 있었
다. 검은 피부를 보지 않으면 마음이 놓이질 않았고 재미
있는 흑인이 옆에 없으면 나는 내가 아닌 것 같아 두려웠
기 때문이다.

클럽에는 여러 나라에서 온 흑인 남성들이 있었다. 자메
이카에서 온 사람도 있는가 하면 아프리카에서 온 사람도
있고 미국에서 온 사람도 있었다. 피부색이 같은 흑인이라
도 당연히 출생지는 다르게 마련이니까. 솔직히 말해 나는

미국에서 온 흑인들에게 매력을 느꼈다. 그들은 외모도 훤칠하고 없는 것이 없었다. 하지만 나는 아프리카에서 온 찰리를 좋아했다. 돈도 몸매도 없었지만 새 아파트와 일자리를 찾아 열심히 일하는 찰리를 버릴 수가 없었다.

클럽에 가지 않는 날은 그의 집으로 갔다. 찰리가 걱정이 되어 마음이 놓이지 않았기 때문이다. 건강한 그의 모습을 보는 것만으로도 안심하고 돌아오곤 했다. 물론 그때는 자유롭게 만날 수 있지만 때때로 부모님이 나와 찰리를 떼어놓으려 했던 일을 떠올리고는 고민에 빠졌다. 과연 나와 찰리는 행복해질 수 있을까.

사회인이 되고 반년이 지난 어느 날이었다.

찰리의 방안 쓰레기통에서 일본 여성의 이름과 전화번호가 쓰인 메모를 발견하고는 가슴이 철렁 내려앉았다. 나는 생각 끝에 직접 그 여성에게 전화해서 그녀와 만나기로 약속을 정했다. 커피숍에서 만난 그녀는 내게 '친구와 둘이서 길을 걸어가고 있는데 그가 우리에게 접근해 와서 사귀게 되었습니다' 라고 종이에 써주었다. 그것을 보는 순간 나는 가슴이 찢어지듯 아파 오더니 끝내 그녀 앞에서 눈물을 흘리고 말았다. 나는 정말 그를 사랑했는데 그는 나를 배신한 것이었다. 그녀도 찰리에게 애인이 있다는 사실을 몰랐던지 속았다며 화를 냈다.

나는 그녀를 원망하지 않았다. 같은 여자이니까, 그리고 나쁜 것은 찰리이니까. 나와 그녀는 친구가 되어 찰리의 집에 찾아가 그에게 따졌다. 우리의 기세에 놀란 찰리는 어쩔 줄 몰라 하며 잘못을 빌고 또 빌었다. 하지만 그런 그의 모습이 하나도 우습지 않았다. 그를 원망하며 나도 눈물을 흘렸다. 정말 원통해서 참을 수 없었다.

그가 바람을 피운 이상 나도 똑같이 하기로 마음먹었다. 내가 바람을 피움으로써 그에게 나와 똑같은 고통을 맛보게 해주고 싶었다. 하지만 그렇게 간단히 마음속에서 그를 몰아낼 순 없었다. 그의 얼굴을 볼 때면 다른 여자와 다정하게 길을 걸어가는 모습이 떠올랐고 그와 잠자리를 같이 할 때마다 '다른 여자와도 이렇게 자겠지' 하는 생각을 하면서도 말이다.

그러나 바쁘게 살다보니 조금씩 그의 존재가 내게서 멀어지는 것을 느꼈다. 그때는 알지 못했지만 나는 어느새 찰리와 만나지 않게 되었다. 흑인 친구들도 많이 사귀고 일에도 차츰 보람을 느끼게 되었을 때 찰리에게서 갑작스레 전화가 왔다.

사랑해, 사랑해. 바람 피운 건 정말 잘못했어. 제발 나에게 돌아와 줘, 하며 그는 울음 섞인 목소리로 내게 매달렸다. 나는 그의 목소리를 듣는 순간 정말이지 귀찮게 느껴졌다.

분명 찰리에 대한 나의 사랑은 식었다. 나는 '무슨 소리야, 이젠 늦었어. 난 널 사랑하지 않아. 이제 나에게도 새로운 남자가 생겼으니 전화하지 마' 하며 나도 모르게 고함을 쳤지만 다른 한편으로 그런 말을 서슴지 않고 하는 자신에게 놀랐다. 정말 이상했다. 그렇게 사랑했었는데. 하지만 나는 드디어 그를 잊을 수 있다는 것이 기뻤다. 이제 그와 두 번 다시 만나지 않으리라 맹세했다.

그 뒤 찰리는 몇 번인가 회사 앞에서 나를 기다렸다. 하지만 나는 무시했다. 옛날에는 그의 전부가 좋았는데 이젠 그의 존재 자체가 역겨웠다. 나는 변했다. 많은 미국 흑인들과 함께 하는 시간이 즐거웠다. 찰리는 내 스타일이 아니었나 보다.

하룻밤의 섹스

> 그러나 내가 흑인을 사귀면서 알게 된 사실이 있는데,
> 바로 '흑인은 물건이 커서 섹스가 능숙하다' 는 말이
> 잘못된 편견이라는 점.

내가 만나는 미국 흑인들은 모두 요코다 기지, 아츠기 기지, 그리고 요코스가 기지의 군인들이었다. 요코다 기지는 공군, 육군, 아츠기 기지와 요코스가 기지는 해병대, 해군이 주를 이루어 각자 개성이 달라 재미있었다. 지위가 높은 공군 파일럿이 있는 기지에는 반드시 나이트클럽이 있다. 그런 나이트클럽은 체육관처럼 넓고 아침까지 영업을 하였으며 일본 엔을 달러로 바꿔주는 환전소도 있었다. 달러로 음료수를 사 먹는데, 그 값이 싼 데다 흑인 남성들과 놀 수 있다는 장점으로 많은 일본인 여성들에게 인기가 있었다.

하지만 그 기지의 나이트클럽에는 관계자의 소개가 없

으면 입장할 수 없어 일본 여성들 사이에서는 입장허가를 받기 위한 쟁탈전이 일어나곤 했다. 물론 나도 거기에 끼었지만. 기지 안의 나이트클럽에 들어갈 수 없는 날에는 반드시 기지 주변의 클럽에 사람들이 모여들었다. 나는 공군이 있는 요코다 기지보다 요코스가 기지나 아츠기 기지에서 노는 것이 좋았다. 왜냐하면 그곳에는 젊은 남자들이 많았기 때문이다. 특히 해군이나 해병대 중에 젊은 남자들이 많아 참신한 느낌을 주었다.

그러나 해병대와 해군이 주둔한 기지의 클럽은 규모가 작아서 새벽 두시만 되면 문을 닫았다. 빨리 문닫는 기지 내 클럽보다 기지 주변의 클럽이나 록뽕기의 클럽에 흑인 남성들이 모여들었고 또 그들을 목표로 삼아 그곳에 몰려드는 일본인 여성들이 많았다. 나도 이곳저곳 클럽을 돌아다니면서 많이도 즐겼었다.

클럽에 가면 친구를 사귈 수 있었다. 그것도 아주 쉽게 흑인 남자를 유혹할 수 있었다. 나는 어쩌면 심한 남성 편력에 빠져 있던 모양이다. 중학교와 고등학교 때는 제대로 연애 한 번 못한 데다 지금까지 찰리만 바라보고 살아왔던 탓에 오랜 세월 쌓인 욕구불만이 일순간에 터져 나와 그랬는지 모른다.

나는 남자들이 부킹해 올 것을 기다리기도 했고 내가 먼저 말을 걸러 가기도 했다. 게다가 모르는 흑인 남자나 일본 여자와 친해지는 것은 자극이 있어 좋았다. 많은 친구를 사귀고 싶었던 나는 클럽을 통해 친구가 생기는 것이 엄청 기뻤다. 흑인 남자들은 내가 청각 장애자임을 알게 되면 "내가 하는 말 알겠어요?"하며 천천히 이야기해 주었다. 의사소통이 되지 않을 때는 종이나 냅킨에 써서 말을 했다. 지금 생각해 보면, 어두운 클럽 안에서 사람들과 종이나 냅킨으로 잘도 대화를 나누었구나 싶다.

언어의 장벽이나 청각 장애에 관계없이 흑인 남성들과 사이좋게 지내고 싶은 마음에 영어공부도 열심히 했다. 영어를 모르면 서로에 대해 알 수 없었고 내 마음을 전할 수도 없기 때문이었다. 그리고 마음에 드는 흑인 남성과 영어로 필담을 나누는 것이 정말 즐거웠다. 영어공부도 되고 필담에 사용한 메모지는 좋은 추억도 된다. 전화번호도 쉽게 얻을 수 있고.

내가 왜 흑인 남성들을 좋아하는가 하면, 다소 개인적인 취향 문제이지만, 그들의 검은 몸이 좋기 때문이다. 그리고 간단히 '섹스머신'을 찾을 수 있다는 점, 밝고 명랑한 점 등. 귀가 들리지 않아 차별을 받아왔던 내 심정을 그들은 잘 이해해 주었다. 차별에 굴하지 않고 밝고 강하게 살아가는 점에서 그들과 나는 통했다.

그러나 내가 흑인을 사귀면서 알게 된 사실이 있는데, 바로 '흑인은 물건이 커서 섹스가 능숙하다'는 말이 잘못된 편견이라는 점. 크기는 다소 큰 것 같기도 한데 실제 내가 만난 흑인들은 제각각이었다. 작은 사람도 있었고 섹스를 정말 못하는 사람도 있었다. 그래도 나는 그들이 좋았다.

클럽의 여자들 사이에서 섹스와 흑인의 성기는 언제나 화제가 되었다. 흑인 남자들은 나의 성욕을 풀기 위한 대상이었다. 어쩌면 그들도 나를 그렇게 생각하고 있을지 모르지만. 결국 나나 그들이나 모두 색골이라는 말인가.

나와 친구가 된 여자들 중에는 흑인과 깊은 교제를 하는 사람도 있었다. 유명대학이나 대기업에 다니는 여자도 있었다. 세상 사람들은 '흑인을 좋아하는 여자는 머리가 나쁜 바보'라고 흔히 생각하는데, 그것은 잘못된 것이다. 왜 여자만 그런 취급을 받아야 하는가? 큰 가슴을 좋아하는 남성은 어떤가. 아이들을 폭행하는 남자는 어떤가. 강간을 즐기는 남성은 어떤가. 결국 머리의 문제가 아니라 모두 허리 아래의 문제인 것이다.

그렇게 세월을 보내던 나는 불현듯 이렇게 놀기만 하다가는 흑인들과 제대로 된 사랑을 못할지 모른다고 깨닫고는 다음 애인은 아프리카 사람이 아닌 미국 흑인으로 정했다. 미국 출신 흑인을 찾기 위해서는 아프리카 출신 흑인과 구분할 수 있는 눈을 가져야 한다.

클럽에 가보면 대부분의 아프리카 흑인이 일본 여자들의 눈길을 끌기 위해 자신을 '미국인'이라 속이며 접근해오는 경우가 있다. 나도 처음에는 누가 진짜 미국인인지 구별하지 못해 난처했다. 물론 아프리카 사람을 나쁘게 말할 의도는 없다. 나도 처음에는 국적에 관계없이 무조건 흑인과 사귀고 싶었을 뿐이니까. 하지만 찰리와의 다툼으로 아프리카 흑인에 질려 이번만큼은 반드시 미국인으로 정했던 것이다. 왜냐하면 미국 흑인들이 훨씬 인물도 좋고 영어공부에도 도움이 되기 때문이다.

　미국인 애인 찾기에 여념이 없는 나를 위해 친구는 내게 미국 흑인과 아프리카 흑인을 구별하는 법을 가르쳐 주었다. 예를 들어, 그 남자가 '뉴욕에서 왔습니다' 하고 말하면 확인하기 위해 '아폴로 시어터는 어디에 있습니까' 하고 물어본다든가, '저는 육군이에요' 하고 말할 경우에는 신분증명서를 보여줄 것을 요구하면 된다. 이렇게 하면 미국 사람인지 아프리카 사람인지 쉽게 판별할 수 있다. 특히 자메이카 흑인의 경우는 자기 나라에 대한 자부심이 강하므로 스스로 '나는 자메이카 사람입니다' 라고 말해 주므로 알기 쉽다.

　미국인 애인을 구하기 위해 나는 요코스가 기지 주변에 있는 클럽이나 기지 내 클럽에 정기적으로 나갔다. '목요일 밤이 가장 물이 좋다'고 가르쳐 준 친구와 함께 자주 클럽을 찾았다. 목요일 밤만이 아니라 수요일 밤에는 록뽕기, 금요일 밤에는 요코다 기지 내 클럽, 이런 식으로 일주일의 반은 클럽에 갔다. 밤을 새며 논 뒤에는 수면이 부족하여 회사에 가서 꾸벅꾸벅 졸기 일쑤였다. 그래서 여러 차례 상사에게 주의를 받기도 했지만 그래도 클럽 출입을 그만둘 수 없었다. 왜냐하면 즐거운 일은 그만두기 싫으니까.

크리스마스의 만남, 불륜의 사랑

트로이를 보낸 후, 나는 또 클럽에 가서 밤을 보냈다.
단지 그에 대한 복수심이었다. 그러나 아무리 다른 남자들과
어울려도 그를 마음속에서 지울 수 없었다.

찰리와 헤어지고 2개월이 지난 크리스마스. 나는 애인도 없이 외롭게 크리스마스를 맞이하게 되었다. 친구들은 다들 애인과 함께 여행을 떠나고 나 혼자 요코다 기지 근처에 있는 클럽을 찾았다. 애인이 없으면서도 흑인들과 춤을 추는 것은 즐거웠다. 그러고 있자니 클럽에서 일하는 사람이 내게 애인이 있는지 물었다. 내가 말없이 고개만 옆으로 흔들자 그는 깜짝 놀라며 내게 사람을 소개해 주겠다며 맞은편에 앉아 있던 한 남자를 가리켰다.

그 쪽을 보니 웬 아저씨가 앉아 있었다. 그래도 소개시켜 준 사람의 성의를 무시할 수 없어 그 사람 옆으로 자리를 옮겼다. 그의 이름은 트로이. 안경을 낀 근육질이었

다. 그가 LA에서 왔다길래 신분증을 보여주길 원했더니 정말 그는 미국인이었다. 하지만 아저씨 같은 남자와는 사귀고 싶지 않았고, 내 타입이 아니었기에 그와는 말만 하고 끝내자고 생각했다.

그런데 그가 서툴기는 해도 일본어를 쓰는 것을 보고는 생각이 바뀌어 그에 대해 좀더 알고 싶어졌다. 그는 30대로 현재 아내와 이혼소송 중에 있다고 했다. 나는 찰리와의 사이에서 있었던 일을 그에게 말했다. 그러자 트로이는 자신의 아내도 여러 남자와 사귀고 있다며 마음은 괴롭겠지만 지금을 즐기라며 내 등을 토닥여 주었다.

그는 공군으로 일본에서 9년간 복무했으며 가라데도 검은 띠를 땄다고 했다. 특히 일본의 전국시대를 좋아한다고도 했다. 그는 내가 지금까지 만났던 흑인들과는 전혀 다른 사람이었기에 나는 그에게 조금씩 끌리기 시작했다. 트로이가 안경을 벗었을 때 그 눈이 너무 따뜻하고 아름답게 보였다. 조금 전까지만 해도 아저씨라고 관심도 가지 않았는데 마음이 변해 그와 클럽이 문을 닫을 때까지 끊임없이 이야기를 나누었다.

아침이 되자 트로이와 나는 그가 묵고 있는 요코다 기지 내 호텔로 갔다. 그리고는 관계를 가졌다. 날이 날인 만큼 크리스마스 이브에 그냥 지나칠 내가 아니었다. 그런데 그와의 섹스는 2분도 지나지 않아 끝나고 말았다. 지금까지 여러 남자들과 잠자리를 같이 했지만 그처럼 서툰 남자는 처음이었다. 그러나 오히려 나는 그런 점에 끌려 그를 좋아하게 되었다.

크리스마스부터 새해 아침까지 나는 트로이와 매일 요코다 기지에서 만났다. 그는 1월 중순쯤에 LA에 돌아가야 했으므로 함께 보낼 시간이 없었다. 하지만 당시 나는 연애하는 방법을 몰랐다. 지금 생각해 보면 트로이를 좋아한다는 마음이 앞서 그를 위해 주지 못했다. 나는 한 번 화가 나면 큰소리로 욕을 하며 그를 괴롭혔다.

1월이 되자 트로이는 LA로 떠나고 나는 회사로 돌아갔다. 그와 원거리 연애가 시작되었다. 여태껏 놀기만 하던 내가 잘해 낼 수 있을지 의문이었다. 트로이가 4월에 나를 만나러 일본에 온다는 편지를 보내왔다. 나는 그를 믿고 기다리기로 했다. 우리는 팩스로 편지를 주고받았다. 이렇게 우리의 편지 왕래는 시작되었다. 비록 그와 만나지 못해도 팩스로 충분히 그의 사랑을 느끼고 나는 바람 한 번 피우지 않고 계속 그에게 편지를 보냈다.

나는 한 번 사람을 좋아하게 되면 여간해서 포기하지 않는다. 찰리와 2년이나 사귈 수 있었던 것도 다 나의 이런 성격 때문이었다. 그 대신 한 번 사랑이 식으면 내가 일방적으로 연인 관계를 청산해 버린다.

트로이는 찰리처럼 나를 실망시키지 않겠지. 이번에야말로 멋진 연애를 오래도록 할 수 있게 해달라고 기도했다. 좋아하는 사람이 생기자 회사 일에도 의욕이 생겼다. 책상

위에 당당하게 트로이와 같이 찍은 사진을 두고 일하면서도 그의 모습을 떠올렸다.

입사한 지 1년을 맞이한 해에 줄곧 나를 괴롭혔던 그 여자 선배는 다른 부서로 갔고 내게 다정했던 과장도 영업부로 옮겨갔다. 새로 온 과장은 첫인상이 쉽게 근접하기 어렵고 무서운 느낌을 주었다. 그러나 과장과 교환일기를 쓰면서부터 좋은 사람임을 알게 되었고, 나는 더욱 일에 충실하게 되었다.

드디어 트로이와 만날 날이 다가왔다.

그러나 내가 시간을 잘못 알았는지, 트로이에게서 온 팩스를 확인하자 당장 나리타 공항으로 가도 약속시간보다 3시간이나 늦어질 상황이었다. 나는 울먹이며 신주쿠 역의 외국인 전용안내소에 있는 사람에게 LA의 트로이 집으로 국제전화를 걸어달라고 부탁했다. 트로이가 집에 없다면 이미 출발한 것이고 만일 트로이가 집에 있다면 다행이라고 생각했기 때문이다. 일본과 미국은 하루 정도 시차가 있다는 사실을 잊어버려 이런 일이 일어났다.

하지만 트로이의 집에 국제전화를 걸어준 안내소 사람의 말에 의하면 웬 여자가 울먹이며 전화를 받더니 트로이는 어제 떠났다고 했다. 게다가 그녀는 트로이가 일본에 갔다는 사실조차 모르는 것 같다고 했다. 어쨌든 나는 나리타 공항으로 갔다.

나리타 공항에서 나는 겨우 그와 만났다.

오랜만에 만났는지라 그를 보자마자 그의 가슴에 뛰어들었다. 그리고 나서 "LA에 전화했더니 웬 여자가 울면서 전화를 받던데, 그 사람 당신이 일본에 온다는 것도 모르는 것 같았어요. 누구예요? 어머니예요?"하고 내가 묻자, 갑자기 트로이의 표정이 굳어졌다. 잠시 후 그는 내뱉듯 말했다. "그 여자는 내 아내야"하고.

나는 어이가 없었다. 울고 있던 그 여자가 트로이의 아내라니. 나는 부인과 이혼소송 중이라 함께 살지 않는다는 그의 말을 굳게 믿었다. 그래서 지금 이렇게 트로이와 다시 만날 때까지 다른 남자를 만난 적도 없었는데, 어떻게 내게 이럴 수가 있나, 하는 생각에 얼굴이 벌겋게 달아올랐다. 그 여자가 트로이의 아내라면 어떻게 나와 이럴 수가 있단 말인가.

당시 나는 회사의 여자기숙사가 남성 출입을 금하는 규칙에 반발하여 입사 1년째 되던 해에 기숙사를 나와 방 한 칸을 얻어 혼자 살고 있었다. 그곳에 트로이를 일주일간 머물게 했는데 그 사이에 트로이의 부인은 우리 집으로 팩스와 편지를 계속 보내왔다. 그럴 때마다 나는 트로이를 추궁하여 말다툼을 했다.

부인의 편지는 이런 내용이었다. '나는 트로이의 부인으로 결혼한 지 5년이 되었습니다. 아직도 나는 그를 사랑합니다. 제발 그를 내 곁으로 돌려 보내주세요.' 주소를 보니 트로이가 살고 있는 집주소였다.

트로이에게 그 편지를 보여줬을 때의 그의 반응은 두 번 다시 떠올리고 싶지 않다. 일부러 내 앞에서 부인 욕을 해댔다. 그래서 나도 "아무리 그녀를 욕해도 어쨌든 당신 부인과 한 집에 살고 있잖아. 정말 그녀가 싫다면 왜 함께 살고 있는 거야. 당신도 찰리와 다를 게 없잖아"하며 따겼다.

일주일째 되던 날 나는 LA에 있는 부인과 다시 잘해보라며 트로이를 미국으로 떠나보냈다. 마음속으로는, 어디 두고보자 나도 일본에서 멋진 남자와 사귈 테니까, 하고 다짐하면서.

트로이를 보낸 후, 나는 또 클럽에 가서 밤을 보냈다. 단지 그에 대한 복수심에서였다. 그러나 아무리 다른 남자들과 어울려도 그를 마음속에서 지울 수 없었다. 그가 양다리를 걸쳤다는 것은 분명 가슴아픈 일이었지만 멀리서 일본까지 나를 만나기 위해 온 트로이의 마음도 이해가 되었기 때문이다. 계속 그의 생각이 났다.

그러던 중에 트로이에게서 미안하다는 사죄의 팩스가 왔다. 내가 답장을 보내지 않자 그는 계속 카드와 편지를 보냈다. 그의 집요함에 두 손을 든 나는 다시 트로이와 팩스로 서신을 교환하기로 했다.

♥ 접대부가 되다

살아 있는 동안 내가 하고 싶은 일을 하고 싶었다.
다른 사람에게 얽매이지 않고 자유롭게 살고 싶었기 때문이다.
그 무엇보다 내 자신이 행복해야 하니까. 그때 나는 25세였다.

그쯤 나의 오랜 소원이었던 유방확대수술을 받았다. 여자로 태어났음에도 자신을 여자로 생각해 본 적이 없었다. 가슴이 작은 것을 늘 고민했다. 해변에서 과감하게 비키니도 입지 못했던 나는 가슴 큰 여자들이 너무나도 섹시하게 보여 그들을 부러워했다.

부모로부터 물려받은 몸에 칼을 댄다는 것이 다소 마음에 걸렸지만 나의 행복을 위해서 수술을 감행했다. 몸을 예쁘게 가꾸는 것은 잘못이 아니라고 생각했다. 회사에 근무한 지 1년이 지나 어느 정도 저축한 돈도 있고 해서 이번 기회에 수술을 받기로 했다.

실은 이런 나도 수술 전날 밤에는 무서워서 잠이 오지

않았다. 가슴 근육을 절단하면 얼마나 아플지 두려웠다. 의사는 하루만 지나면 정상적인 생활을 할 수 있다고는 했어도 실제 수술을 받아 보니 통증이 대단했다. 양 겨드랑이 밑에 길고 가는 칼을 넣어 흉근의 한 가운데를 크게 잘라내고 그 안에 식염수가 든 팩을 넣었다. 가슴을 붕대로 단단히 감아 고정시켰는데 걸을 때마다 심한 통증을 느꼈다.

회사에서 겨우겨우 통증을 참으며 일을 하고 있으려니 과장이 눈치를 채고 그 이유를 물었다. 처음에는 교통사고를 당했다고 거짓말을 했다가 탄로가 나는 바람에 어쩔 수 없이 유방확대수술을 받았노라고 솔직히 털어놓았다. 비웃음을 받는 건 아닌가 걱정했더니 오히려 과장은 나를 염려하며 내 일을 도와주었다. 그리고는 가슴의 통증이 가라앉을 때까지 특별히 신경을 써주었다.

드디어 기다리고 기다리던 여름이 왔다.

가슴이 커짐으로써 자신감도 생기고 표정도 밝아졌다. 무엇보다 비키니가 어울렸다. 수영복 안에 캡을 넣지 않아도 되었고 점프도 자신 있게 할 수 있게 되어 기뻤다. 클럽에도 딱 붙는 짧은 옷을 입고 브래지어도 하지 않은 채 가서 친구들을 놀라게 해주었다. 수술을 했냐며 직접 눌러보는 사람도 있었다. 가슴이 커져서인지 남자들에게도 이전보다 인기가 높아졌다.

피부를 예쁜 갈색으로 태웠더니 더욱더 흑인 여성처럼

보였다. 나의 유두가 너무 튀어나온 것을 보고 마키라는 여자 친구는 나에게 '찌찌'라고 별명을 붙여주었다. 마키가 내 가슴을 가리키면서 '찌찌, 찌찌, 마유미짱의 별명은 찌찌'하며 놀리면서 생긴 별명이다.

처음 만난 흑인 남성들에게 나는 "내 별명은 찌찌입니다. ChiChi라고 불러주세요"라며 장난을 쳤다. 사람들에게 웃음을 줄 수 있었기에 이 별명이 나는 마음에 들었다.

피부를 태운 다음에는 머리를 땋고 싶어졌다. 흑인들처럼 머리카락 전체를 조그맣게 세 갈래로 따는 것 말이다. 꼭 미국의 흑인 여가수이자 랩퍼인 YO-YO의 헤어스타일처럼. 나는 YO-YO를 동경해 왔다. 마치 전장의 흑인 여전사 같은 그녀가 좋았다. 그녀가 부르는 노래의 가사 또한 마음에 들었다. 나도 그녀처럼 강해지고 싶었기에 머리를 그녀처럼 하고 싶었던 것이다.

하지만 나는 일반 기업체에 다니는 회사원이기도 했다. 과장에게 헤어스타일에 관해 상담했다. 여느 때와 마찬가지로 나는 교환일기에 업무보고 내용을 쓴 다음에 '개인적인 사정으로 머리를 흑인처럼 땋고 싶은데 괜찮겠습니까? 이런 헤어스타일입니다'하며 흑인 여성의 사진과 함께 올렸다. 물론 과장의 대답은 'NO'였다. 유방확대수술을 하고 피부를 검게 태운 데다 머리까지 갈래갈래 땋는 것은 도저히 용납할 수 없다고 했다.

나는 한 번 스스로 정한 것은 누가 뭐라 해도 끝까지

밀고 나가는 성격인지라 과장의 반대에 어떻게 하면 좋을지 고민에 빠졌다. 당시 나는 매일 밤마다 클럽에 가서 꼬박 밤을 새며 놀다가는 그 길로 회사에 출근하는 힘든 나날을 보내고 있었다. 또한 다른 흑인 남자들과 놀면서도 마음 한편으로는 언제나 트로이를 생각하고 있었다. '어떻게 하면 LA에 트로이를 만나러 갈 수 있을까. 이렇게 놀다가는 돈도 모을 수 없는데……' 하는 고민도 했다.

결국 나는 프리랜서의 길을 선택하게 되었다. 그것도 확실히 돈을 벌 수 있는 접대부가 되기로 마음먹었다. 세상 사람들은 접대부를 천박하고 더러운 존재라 생각할지 모른다. 하지만 유흥업소가 없어지지 않는다는 사실은 어떤 사람들에게는 반드시 그곳이 필요한 곳이기 때문일 것이다. 사랑을 그리워하는 남성들이 접대부를 찾는 것이 무슨 문제가 있는가 말이다. 게다가 접대부로 일하면 돈벌이가 제법 괜찮다는 것은 부정할 수 없는 사실이니까.

트로이가 있는 LA에 가기 위해 드는 여비와 치장하는 데 필요한 돈, 맛있는 음식을 사먹기 위한 돈, 놀이를 위한 돈 등 나는 나의 행복을 사기 위해 접대부로 일하기 시작했다. 성인이 되어서도 부모님에게 빌붙어 살고 싶지는 않았다. 부모님의 돈은 부모님 것이지 내 것이 아니다. 나는 내 몸뚱어리로 땀흘려 일해 돈을 벌고 싶다. 이것은 고등학교를 졸업한 후 패션디자이너 전문학교로 진학을 결정한 것과, 지금의 회사에 취직한 것에 이어 내가 선택한 세 번째의 사회 공부가 되는 셈이었다. 그리고 무엇보다 내가 이 일을 택한 이유는 사랑의 기술을 연마하기 위해서였다. 그래서 사랑하는 남자를 평생 행복하게 할 수 있는 좋은 여자가 되고 싶었다. 그리고 특유의 남성편력 때문에 다른 남성의 육체에도 흥미가 있었던 것도 사실이지만.

물론 청각 장애자라는 것이 마음에 걸리기는 했다. 청각 장애자를 접대부로 써줄 곳이 있을지 걱정이었다. 게다가 유흥업소는 하나같이 성병의 위험이 따르는 곳이므로 어떻게 하면 안전하게 일할 수 있는 업소를 찾을 수 있을지도 염려되었다.

그리고 나는 접대부로 일해도 절대 성행위는 하지 않기로 정했다. 손님과 성행위를 한다는 것은 매춘과 마찬가지이기 때문이다. 물론 성행위 이외의 모든 서비스는 OK였다.

크리스마스가 가까워지던 어느 날이었다. '어른들의 장난감 가게'라는 유흥업소에서 일하는 남자 점원에게 그 문제로 상담을 했다. 그러자 그는 "너 정도면 괜찮아. 얼굴도 귀여우니까, 귀는 별 문제없을 거야. 나랑 알고 지내는 사람이 이 근처에서 일하고 있으니까 그곳을 소개해 줄게" 하는 것이 아닌가.

그 점원은 나에게 쿄우코라는 접대부를 소개해 주었다. 그녀는 검은 머리 미인으로 잘 웃는 여자였다. 그녀가 나

파이팅!

를 자신이 일하는 가게로 데려가 주었다. 그곳은 맨션을 가게로 썼는데, 여러 명의 접대부가 있었다. 게다가 가게 분위기가 아주 따뜻했고, 그곳 주인은 '손님들과 기본적인 말만 통하면 아무 문제없어요' 하며 나를 반겨주었다.

이렇게 하여 나의 불안과 걱정은 눈 녹듯 사라지고 안심하고 그곳에서 아르바이트를 하게 되었다. 나는 이번 일은 어디까지나 접대부가 어떤 일인지 조사하고 적성에도 맞는지 알아보기 위해 시작했다.

처음 그 일을 할 때 나는 알몸이 되는 것이 너무나도 부끄러워 손님의 얼굴도 제대로 쳐다보지 못할 지경이었다. 그것도 '3P코스(남자 손님 한 명에 접대부가 두 명 붙는 서비스)'라 가게의 다른 접대부에게 방법과 순서를 지시받으며 하는 것이었는데 그 다른 접대부가 쿄우코였다. 나는 그녀가 옷 벗는 것을 보고 주저주저하며 따라서 옷을 벗었다. 그랬더니 손님도 옷을 벗었다. 나는 왠지 인간의 본성을 본 듯한 아주 이채로운 경험을 하였다.

일은 간단했다. 내가 흑인 남성들과 놀다 섹스를 하기까지의 과정과 비슷했다. 즉, 옷을 벗고 욕조에 들어가 깨끗이 몸을 씻는다. 그리고 나서 침대로 가서 손님과 알몸이 되어 민감한 곳을 자극하고 성기를 입에 넣어 절정에 이르게 하는 것이었다. 섹스를 하지 않아도 손님을 만족시킬 수 있다는 것이 즐거웠다.

지금 다니는 회사에서는 내가 바라는 헤어스타일을 할

수 없다. 그런데 이곳의 주인은 나에게 어울리기만 하면 된다며 허락해 주었다. 결국 나는 회사를 그만두기로 했다. 내게 업무를 가르쳐 주고 훌륭한 사회인으로 키워 주신 회사 사람들과 과장에게 죄송한 마음이 들었다.

그러나 나는 나만이 할 수 있는 일을 하고 싶었다. 살아 있는 동안 내가 하고 싶은 일을 하고 싶었다. 다른 사람에게 얽매이지 않고 자유롭게 살고 싶었기 때문이다. 그 무엇보다 내 자신이 행복해야 하니까. 그때 나는 25세였다.

회사에는 원래부터 하고 싶었던 패션디자인 계통의 일을 하고 싶다며 미국으로 유학 갈 작정이라며 사직서를 제출했다. 그리고 나서 한 달 동안 사내보 업무를 후배에게 가르쳐 주고 회사에 이별을 고했다. 그 동안 나를 아껴 준 사람들과 만날 수 없다고 생각하니 가슴이 아팠다. 하지만 그것으로 충분했다. 사회 공부를 하기 위해 이 회사에 들어와 많은 것을 얻었고 이제 새로운 세계를 공부하기 위해 이곳을 떠나는 것이므로.

제3장

농아 접대부 효짱

안녕하세요, 농아 접대부입니다

나는 성행위를 하지 않는다는 점이 마음에 들어
이 가게를 택했다. 절대 그것만은 하고 싶지 않았다.
매춘에는 아무래도 거부감이 있었기 때문이다.

내가 일하는 가게는 시부야에 위치한 맨션 내에 있었다. 그 가게는 4평짜리 원룸을 커텐을 쳐서 '접대부 대기실'과 '손님 대기실'로 나누었다. 접대부 대기실이 손님 대기실보다 조금 더 넓기는 했지만 대여섯 명만 모여도 비좁아서 답답했다. 거기다 그 방은 접수처와 사무실도 겸했는데, 주인이 그곳에서 전화를 받고 돈 계산을 해서인지 심리적으로 더욱 좁게 느껴졌다.

그 가게에서 일을 시작할 무렵 주인은 내게 가게에서 쓸 이름이 필요하다며 나를 위해 여러 이름을 생각해 주었다. 궁리 끝에 '효(豹)짱'이란 이름을 내게 붙여주었다. 피부를 검게 태운 것이 마치 표범 같다고 해서 그렇게 지었다. 효짱이라는 이름은 시간이 갈수록 내 마음에 들었다. 왜냐하면 이전에 책에서 읽었던 '블랙 팬더 당'을 떠올렸기 때문이다. 블랙 팬더 당은 70년대 미국에서 흑인해방을 위해 투쟁한 사람들의 조직체를 말한다. 여기서 팬더란 표범을 의미한다.

가게에서 일하는 접대부도 하나같이 개성 있는 사람들만 모여 있었다. 가슴이 큰 여자, 마른 여자, 소녀 같은 여자, SM 클럽(사디즘과 마조히즘을 즐기는 클럽;옮긴이)의 여자, 사무직 여성 같은 여자 등 여러 타입의 접대부가 있었다. 나는 어떤 타입인가 하면 록뽕기 여자쯤이 아닐까 싶다.

우리 가게는 이미지 클럽, 이른바 '이메쿠라' 가게(손님이 주문하는 공상적 상황에 맞춰 성적 역할을 연기하는 클럽;옮긴이)로 마사지 업소를 위장한 유흥업소였다. 물론 손님에게 마사지 서비스도 해주지만 접대부에게 간호원 복장이나 빨간 란제리, 교복 등을 입게 하므로 처음에는 웃음을 참지 못했다.

내가 회사를 그만두고 접대부로 일하기 시작한 때가 마침 유흥업소가 한창 잘 되던 시기였다고 한다. 그래서인지 쉴새없이 일을 해야 했다. 대학을 갓 졸업한 햇병아리 사회인이나 대학 신입생들이 축하 파티로 돈을 모아 가게를 찾아왔다. 그런 남성들은 색골 아저씨와는 달리 순진한 맛이 있어 좋았다. 손님에게는 '손님 대기실'에서 주인과 베

테랑 접대부가 자세히 서비스 내용에 대해 설명해 주었다. 접대부를 고르기 전에 가게의 규칙과 코스 그리고 각각의 요금이 쓰인 종이를 보여주는 것이다. 우선 가게 내에서 손님이 원하는 타입의 접대부와 의상을 고르고/ 호텔에 가서는 접대부와 알몸이 되어 거품목욕을 한 다음/ 코스에 따라 원하는 대로 플레이를 하는 것이다. 가게의 규칙은 접대부에게 무리한 요구를 강요하지 말 것, 성행위는 하지 말 것, 플레이 시간을 지킬 것 등이 있었다.

나는 성행위를 하지 않는다는 점이 마음에 들어 이 가게를 택했다. 절대 그것만은 하고 싶지 않았다. 매춘에는 아무래도 거부감이 있었기 때문이다. 여자의 그곳은 신성한 곳이라는 나름대로의 철학도 있었기에 사랑하는 남자에게만 허락하고 싶었다.

손님이 지불하는 요금은 코스에 따라 다른데 싼 코스는 1만엔, 비싼 코스는 2만5천엔 정도했다. 그리고 시간이 짧으면 요금이 싸고 시간이 길어질수록 요금이 올라갔다. 특정 접대부를 선택할 수도 있는데 그 경우에는 별도 요금으로 천엔이 부가되었다. 또 플레이 시간의 연장도 가능했다. 연장하면 30분마다 연장요금을 지불해야 한다.

접대부는 먼저 손님과 함께 러브호텔로 간다. 그리고 로비에서 마음에 드는 방을 지정하고 시간 내에 정해진 코스를 진행하면 된다. 당시 나는 아직 접대부 일에 익숙치 않았던 터라 호텔에 남자 손님과 단둘이 남겨지면 강간이라도 당하는 건 아닌지 살해당하는 건 아닌지 불안한 마음을 감출 수 없었다.

하지만 가게에서 6개월간 일하면서 한 번도 그런 일을 당해 본 적은 없었다. 운이 좋았던 것 같다. 아니면 내가 머리카락을 흑인처럼 땋고 피부도 검게 태워 오히려 손님이 주눅이 들었는지 모를 일이다.

하지만 당시 신참이었던 나는 손님과 단둘이 호텔 방에 남아 일을 하는 것이 상당히 어색했다. 말도 종이에 적어서 겨우 할 수 있었다. 열심히 손님의 입술을 읽으려 해도 무슨 말을 하는지 도저히 이해할 수 없을 때도 있어 식은 땀을 흘린 적도 많았다. 익숙해지기까지는 힘든 과정이 있었다.

욕조에서 미끄러져 넘어지거나 화장실에서 일을 보다 갑자기 큰소리로 방귀를 낀 적도 있었는가 하면 도저히 참지 못한 나머지 '잠시 실례하겠습니다' 하고 말하고는 큰 일을 본 적도 있었다. 또 플레이용 로션을 잘못해서 목욕하기 전에 손님의 몸에 발라주지를 않나 생각해 보면 실로 멍청한 실수를 연발했었다.

외모도 불량스럽게 보이는 내가 실수를 했으니 나중에 손님이 가게에 뭐라고 불평했을지 모를 일이다.

나를 처음 본 손님의 반응은 "어느 나라에서 왔어?" 하고 물어보는 경우가 많았다. 내가 농아임을 알게 되면 손님의 반응이 일변하여 "어떻게 하다가 귀가 나빠졌어?" 하고 물어보거나 "내 말이 들려?"하며 신경을 써주기도 하였다. 대부분의 손님은 내가 농아라면 깜짝 놀라고 만다.

학생 때 발음장애가 있다는 이유로 점원이나 웨이트리스도 되지 못했던 내가 이렇게 '접객업'에 몸담을 수 있다는 것이 더할 나위 없이 기뻤다. 또한 손님들도 대개 농아와 놀아본 적이 없기에 '좋은 경험을 했다'며 오히려 기뻐해 주었으며 급료도 점원이나 웨이트리스의 몇 배 이상 받았다.

호텔에 들어간 다음의 일은 이렇다. 방에 들어간 것을 전화로 가게에 알린다. 그리고 지정된 시간을 타이머에 셋트한다. 그리고 손님과 옷을 벗고 목욕을 한다. 그리고 아주 요염하게 육체를 접촉한다. 샤워로 몸을 씻어 내고 침대로 간다.

손님에게 위를 보고 눕게 한 다음 베이비 파우더를 듬뿍 뿌린다. 그리고 손님의 가슴이나 민감한 곳을 마사지한다. 그 다음에는 로션으로 손님의 성기를 마사지하고 69나 펠라치오, 파이즈리(성기를 젖가슴으로 마사지하는 플레이) 등으로 오르가슴을 느끼게 만든다. 그 뒤 정리를 하고 그래도 시간이 남는다면 함께 욕조에 들어가 몸을 씻는다. 그리고 나서 옷을 입는다. 플레이 완료시간이 되면 가게에서 호텔 방으로 전화가 걸려온다. 그러면 함께 호텔 밖으로 나가 헤어진다.

추가 플레이로는 '바이브레이터 사용'도 가능하다. 이

외에 여러 종류의 의상을 갖춰 입고 이미지 플레이를 하
는 것도 있다.

🌼 오사카 스트립

나는 내가 농아임을 감추고 싶은 생각은 눈꼽만큼도 없었고
접대부 일을 하는 것을 부끄럽게 생각하지도 않았다.
오히려 이런 사람도 있다고 세상에 어필하여
손님을 많이 받고 싶었다.

어느 날 가게의 주인이 나에게 오사카에서 춤을 추지 않겠느냐고 물었다. 나는 무슨 말인가 하여 다른 여자 접대부에게 물어보았더니 알몸으로 스테이지에서 춤을 추는 스트립퍼를 말한다며 폴라로이드 사진을 보여주었다. 정말 실오라기 하나 걸치지 않고 춤을 추는 여자의 사진이었다.

스트립퍼의 수입은 초보자라도 10일간 일하면 15만엔이라고 한다. 불과 10일에 15만엔이라니. 샐러리맨의 월급과 비교해도 훨씬 보수가 좋았으니 내가 놀랄 만도 했다. 나는 클럽에서 단련한 춤과 뛰어난 리듬감을 갖추고 있었기에 별 망설임 없이 주인의 제안을 받아들이기로 했다.

나는 오사카에 가본 적이 없어 가이드북을 사서 오사카에 대해 미리 조사를 해보았더니 음식이 맛있고 재미있는 사람들이 많다고 쓰여 있었다. 그리고 '아메리카 마을'이라는 젊은이들의 거리에도 흥미를 느꼈다. 어떤 곳인지 궁금해진 나는 친구와 함께 신칸센을 타고 오사카로 갔다. 기차로 약 3시간 가량 걸려 오사카에 도착했다.

오사카의 극장에 도착하여 그곳 주인을 소개받았다. 저는 귀가 잘 들리지 않지만 크게 울려 퍼지는 음악소리는 들을 수 있고 춤에도 자신이 있습니다, 하고 자기 소개를 하자, 그곳 주인은 잠시 나에게 탐탁치 않은 듯한 눈길을 보내더니 이내 마음에 든다며 함께 일하기로 했다.

스트립퍼는 극장의 분장실에서 잠을 자면서 하루에 4번 스트립쇼를 했다. 아침에 일어나 목욕을 하고 식사를 먹고 난 후 집중적으로 화장을 한다. 극장이 문을 열기 전에 모든 준비를 끝내 놓았다가 잠시 후 쇼를 시작한다. 스트립퍼는 1회에 20분간 춤을 추어야 했다. 초보자인 나에게 맡겨진 일은 쇼와 쇼 사이에 스테이지에 나타나 손님들과 여흥을 즐기며 폴라로이드 사진의 모델이 되는 '터치 폴라' 역이었다.

스트립퍼는 춤을 추면서 스테이지에 등장해야 하는데 처음에는 너무 긴장한 나머지 음악의 템포와 맞지 않는 춤을 추기도 했고 얼굴이 굳어 있기도 했다. 폴라로이드에 찍힌 내 사진을 보고 내가 놀라고 말았으니 말이다.

하지만 스트립쇼의 대미를 장식하는 '오픈 타임'(스트립퍼가 알몸으로 춤을 추는 시간)에는 춤을 추는 내 자신도 쾌감을 느꼈다. 손님들의 눈이 한 곳에 집중하여 눈이 빠져라 내게 몰두하는 것이 즐거웠다. 스테이지에서 춤을 추면서 나는 여자로 태어난 것에 감격하기도 했다.

오사카의 스트립 극장에서 보낸 10일 동안 매일같이 아침부터 밤까지 일 하느라 오사카를 구경도 못했다. 그리고 기대했던 '아메리카 마을'에도 가지 못해 아쉬웠다.

오사카에서 돌아와서는 다시 시부야의 가게에서 접대부 일을 했다. 그 뒤에도 몇 차례 스트립퍼로 오사카의 극장에 불려갔지만 끝내 아메리카 마을에는 가보지 못했다.

주인이 나에게 차별대우를 한다고 느끼게 된 것은 그 일을 시작한 지 6개월이 지날 쯤이었다. 나는 매스컴에 나와도 좋다고 이전부터 주인에게 말해 두었는데도 전혀 잡지 사진을 촬영한다는 이야기가 없어 이상하다고 생각했다. 일반적으로 매스컴 출연을 승낙한 접대부에게는 누드 잡지사로부터 의뢰가 많이 들어오게 되어 있다.

나는 '귀가 나쁘면서도 개성이 있고 또한 대기업 출신'이라는 상품가치가 있을 것이라 생각하여 주인에게 매스컴에 나와도 좋다고 말했는데도 주인은 전혀 내 말을 귀담아 들으려 하지 않았다. 왜냐하면 그는 검은 피부에 흑인 헤어스타일을 한 여자는 머리가 나쁘게 보여 매스컴에 나와도 팔리지 않고 되레 가게의 평판만 나빠진다고 믿고 있는 모양이었다.

하지만 확실히 말해서 나는 자신이 있었다. '농아 접대부'는 반드시 잘 팔릴 것이라고 믿고 있었기 때문이다. 나는 내가 농아임을 감추고 싶은 생각은 눈꼽만큼도 없었고 접대부 일을 하는 것을 부끄럽게 생각하지도 않았다. 오히려 이런 사람도 있다고 세상에 어필하여 손님을 많이 받고 싶었다. 누드 잡지에 사진과 함께 소개되면 그것을 본 손님들이 가게를 찾아오기 때문이다.

그런데도 주인은 내게 보란 듯이 피부가 하얀 접대부에게만 손님을 붙여주는가 하면 나보다 못난 접대부에게 잡지의 그라비어 촬영을 시켰다. 그런 그의 횡포를 참을 수가 없었다.

하지만 나는 꾹 참고 지냈다. 그렇게 융통성 없는 주인을 위해 내가 좋아하는 헤어스타일과 피부색을 바꾸고 싶은 마음은 전혀 없었기 때문이다. 그래서 하루종일 가게에 나가 있어도 손님을 한 사람도 주지 않는 날이 계속되었다.

그러던 어느 날 스트립퍼로 교토의 극장에 가서는, 주인이 항상 말하던 '다른 가게 사람들과 친하게 지내지 말라'는 '접대부의 규정'을 무시하고 다른 접대부들과 어울렸다. 왜냐하면 주인이 시키는 대로 하고 싶지 않았으니까. 거기다 내가 가만 있어도 다른 접대부들이 내게 관심을 보이며 다가왔다. 그러다가 누드 잡지에 자주 등장하는 스트립퍼와 친해져서 함께 식사를 하게 되었다. 나는 그녀에게 그간 있었던 일에 대해 이야기했더니 자신이 이전에 접대부로 일했던 가게를 소개해 준다며 당장 그만두고 나오라고 했다.

나는 언제나 다른 접대부들이나 스트립퍼들에게 인기가 있었다. 내가 유일한 농아에다 흑인의 머리스타일이 어울리는 유일한 사람이었기 때문이었는지도 모른다.

나는 교토의 극장에서 돌아와 그 길로 그녀가 소개해 준 신주쿠에 위치한 그 가게에 가서 면접을 받았다. 그녀도 나를 위해 일부러 교토까지 와서는 가게의 홍보부장에게 나를 소개해 주었다. 홍보부장은 생각보다 젊고 전에 다니던 회사 선배와 너무나도 닮아 깜짝 놀랐다.

그는 나를 보자마자 '매스컴을 타고 싶으냐'고 내 의향을 확인해 보고는 그 자리에서 채용했다. 그리고 나서 내 경력을 보면서 재미있다는 얼굴을 하고는 그라비어 모델을 한 적이 있는지 물었다. 나는 "머리 스타일과 피부색 때문에 이전 가게에서는 한 번도 그런 일을 시켜 주지 않았습니다"하고 대답했다. 그러자 그는 가까운 시기에 모델 일을 주겠다고 약속했다.

그 가게의 이름은 'M'. 신주쿠의 가부키쵸 거리에 있는 건물 내에 당당히 간판을 달고 영업을 하는 곳이었다. 이곳의 특징은 '손님 대기실'에 접대부의 사진과 프로필이 걸려 있고 모니터로 '접대부 대기실'의 모습을 손님이 볼 수 있도록 되어 있는 점이다. 전에 일했던 시부야 가게보다 규모도 훨씬 컸다.

'접대부 대기실'에서는 란제리를 입은 접대부가 소파에 여럿 앉아 있었는데 이곳에는 나처럼 피부를 검게 태운 여자들이 많아서 좋았다. 손님과 플레이를 하는 방도 가게 안에 있어 방마다 침대와 샤워시설이 갖추어져 있었다. 그래서 일일이 러브호텔까지 가지 않아도 일을 치를 수 있었다.

또한 모든 방에 타이머와 난방시설이 되어 있었고 문을 열쇠로 잠글 수 있어 프라이버시도 완벽하게 보장되었다. 가게에는 '보이'라는 스탭이 있었는데 이들은 나비넥타이를 매고 손님을 받고 전화 접수를 받거나 수건을 세탁소에 맡기는 일 따위를 했다. 나는 이런 가게가 있나 싶어 감탄을 금치 못했다.

헌팅

내가 헌팅한 근육질의 사나이는 독신인데다 아이도 없다고 했다.
나이도 나와 같은 연배였다. 어쩌면 이 사람과는
계속 사귈 수 있을지 모른다는 생각이 들었다.

나는 접대부 일을 시작하고도 계속 클럽에 다녔다.

어느 날 밤, 가게 근처에 있는 유명한 레게 바에 친구와 함께 갔더니 밖에서 흑인들이 캔맥주를 마시고 있었다. 그 중 근육질의 한 사나이가 마음에 쏙 들은 나머지 내 쪽에서 그에게 접근했다. 고양이가 생선가게를 그냥 지나칠 수 없으니 말이다.

그런데 그 남자는 여느 흑인들과는 달리 아주 점잖고 이지적인 사람이었다. 오히려 내가 참지 못하고 그에게 달려들었다. 그는 일본에 온 지 불과 2주일 된 아츠기 기지의 군인이었다. 여자에게 헌팅 당한 것은 이번이 처음이라며 지금까지 이런 일은 한 번도 없었다며 황당해했다.

그러나 LA에 있는 트로이가 마음에 걸렸다. 트로이는 그만 잊어버리고 다른 사람과 만나야지 하면서도 좀처럼 그를 포기할 수 없었다. 아직도 그로부터 심심찮게 편지나 팩스가 왔다.

그러나 나와 트로이가 불륜의 관계를 맺고 있다는 사실은 변함이 없었다. 트로이가 이혼했다는 말을 듣지 못했으므로. 하지만 내가 헌팅한 근육질의 사나이는 독신인데다 아이도 없다고 했다. 나이도 나와 같은 연배였다. 어쩌면 이 사람과는 계속 사귈 수 있을지 모른다는 생각이 들었다. 우리는 만난 그날 밤에 호텔로 갔다. 나는 그에게 내가 하는 일, 취미 그리고 트로이와의 관계까지 모조리 털어놓고 아주 즐거운 시간을 보냈다.

그 남자의 이름은 데이브. 레게를 좋아하고 자신의 일에 충실한데다 청결하기까지 한 남성이었다. 정리정돈이나 청소는 물론이고 옷까지 정확하게 맞춰서 개는 모습에 감탄할 정도였다. 그는 먼지나 쓰레기 하나에도 민감하게 반응했다.

데이브와는 그 뒤로 2년 이상 사귀게 된다. 그와 나는 결혼도 약속했다. 데이브와 사귀는 동안에는 여러 가지 면에서 자유로웠다. 그가 항공모함을 타고 전세계를 항해하던 3개월 간은 두 사람의 합의하에 '하룻밤의 불놀이'도 허용되었다. 그래서 나는 그가 없는 동안 좋아하는 옷을 입고 클럽에 가서 다른 흑인들과 술을 마시며 즐겁게 지낼 수 있었다.

　또한 그는 내가 접대부로 일하는 것을 '돈과 꿈을 위한 일'이라며 이해해 주었다. 이렇게 해서 나는 문제없이 접대부을 계속할 수 있었던 것이다.

드디어 매스컴에 데뷔하다

그는 어떻게 접대부가 개인적으로 흑인과 사귀고 있다는
이야기나 귀가 들리지 않는다는 이야기까지 했느냐며
고함을 질렀다.

'M'으로 옮겨와서 '효짱'이라는 이름으로 매스컴에 선전을 했더니 이내 남성잡지의 누드 모델 일이 들어왔다.

촬영 날이 왔다. 카메라맨과 잡지의 편집장이 가게까지 나를 모시러 와서는 차로 요코하마의 어느 러브호텔로 데려갔다. 호텔의 가장 넓은 방에서 촬영을 시작했다. 검은 란제리와 가터 벨트를 하고 포즈를 취하는데 난생 처음 해보는 일이라 상당히 긴장이 되었다. 내가 포르노 잡지에서 흔히 볼 수 있는 섹시한 포즈를 취했더니 카메라맨이 내 이미지에 어울리는 포즈를 지시해 주면서 나의 여러 모습을 끌어내서 촬영했다.

그리고 나서 내가 침대에 눕자 잡지의 편집장이 갑자기

옷을 벗기 시작했다. 무슨 일인가 싶어 잠시 어리둥절했더니 편집장이 직접 남성 모델이 되어 내가 입고 있던 란제리를 벗겨 주고 함께 포즈를 취하는 것이었다. 촬영하는데만 무려 다섯 시간이 걸렸지만 정말 즐거웠다.

카메라맨과는 그 뒤에도 계속 함께 잡지의 누드사진을 찍었는데, 그는 나에게 다른 카메라맨도 소개시켜 주는 등여러 모로 도움을 준 사람이다. 이번 촬영을 계기로 계속비슷한 종류의 일거리가 들어왔다. 덕분에 나도 점차 모델일에 능숙해졌다.

취재 의뢰가 들어온 것도 그쯤이었다. 남성잡지의 1페이지에 나를 소개하는 기사를 싣는다는 것이었다. 주인이 가게의 선전에 도움이 되도록 잘 이야기해 달라며 내게 부탁했다. 하지만 나는 가게의 선전이 될 만한 이야기가 어떤 것인지, 또 어떻게 말해야 효과가 있을지 도무지 알 수가 없었다. 취재일까지 머리를 싸매고 고민을 하던 끝에일본 남자를 사귀고 싶다, 고 말하면 되겠다고 마음대로결론지었다.

편집자와 만나 가부키쵸의 카페에서 음료수를 마시면서취재를 받았다. 내가 이야기를 하면 그것을 잡지에 실어주는 것이라 아주 기분이 좋았다. 주문한 홍차를 마시면서질문받은 것에 대해 정직하게 답변했다. 귀가 잘 들리지않는다는 것과 흑인을 좋아한다는 것도 솔직히 털어놓았다. 왜냐하면 그것이 사실이니까 억지로 숨길 필요는 없다고 생각했기 때문이다. 그리고 '일본 남자를 사귀고 싶다'는 말도 잊지 않고 말했다.

그러나 나중에 내 기사가 실린 잡지를 본 주인은 막 화를 냈다. 그는 어떻게 접대부가 개인적으로 흑인과 사귀고 있다는 이야기나 귀가 들리지 않는다는 이야기까지 했느냐며 고함을 질렀다. 나는 괜히 거짓말을 했다가 잡지를 읽고 찾아온 손님이 이야기가 틀린다며, 따질지 모르는 사태에 대비해 있는 대로 말했을 뿐인데……. 비록 농아 접대부가 드물기는 해도 그것이 사실이기 때문이다. 무엇보다 주인이 손님들이 농아인 것을 알면 불쌍하게 여겨서 오히려 가게에 손님이 줄지 모른다고 한 말에 기분이 상했다.

이 기사에 대한 매스컴 관계자들의 평판은 좋았다. 그러나 기사를 읽고 가게를 찾아온 손님은 적었다. 어쩌면 주인의 말이 옳았는지 모른다. 결과적으로는 손님을 끌어들이는 데는 실패했지만 이 일로 인해 매스컴의 주목을 받는 데는 성공했다.

나의 인기가 점점 높아지자 가게에서 당시 넘버원이었던 여자 접대부가 나를 괴롭히기 시작했다. 넘버원이라고는 하지만 얼굴은 못생기고 성격도 나빴다. 그녀의 이름은 R짱. 좁은 '접대부 대기실'에 그녀의 목소리만이 쩌렁쩌렁 울려댔다. 종종 그녀는 내가 그녀 앞을 지나가거나 하면 내 다리를 차기도 했고 다른 사람의 발을 밟아도 모르는 척하지를 않나 주인이나 다른 접대부들에게 내 험담을 했다. 다른 접대부들도 그녀가 왜 넘버원이 되었는지 이해가 되지 않는다며 고개를 갸웃거렸다.

나는 언제나 외관상의 이유로 손해를 보았다. 얼굴이 하얗고 가냘프게 보이는 R짱이 내게 괴롭힘을 당했다고 하면 아무 증거가 없어도 남자들은 그녀의 편을 들었다. 다행스럽게 다른 접대부들은 외모만으로 판단하지 않고 내 편을 들어주었다.

새로운 접대부들이 계속 들어옴에 따라 일이 점점 줄어들었다. 한번은 가게를 찾은 손님에게 요즘 어느 가게가 가장 잘 나가는지 물어보았더니 이 근처에 있는 'S'라는 가게를 가르쳐 주었다. 운 좋게도 그 손님이 바로 스카웃을 담당하는 사람이었다. 그 사람에게서 가게 전화번호와 약도를 건네 받았다. 약도에 표시된 면접장소에서 면접을 보아 합격하면 그 가게가 있는 장소를 가르쳐 준다고 했다.

면접장소는 파칭코 가게와 영화관 근처에 있었다. 나는 커다란 테이블이 놓인 곳으로 안내되어 거기에서 면접관을 기다렸다. 그런데 야쿠자처럼 보이는 남자가 들어오는 것을 보고는 이번에야말로 위험할지 모른다며 마음을 졸였다. 지금까지 가게에서 이런 남자는 본 적이 없었기 때문이다.

잠시 후 면접관이 들어왔다. 그 사람은 정장차림의 미남이었다. 그는 나를 보자마자 귀엽다며 종이를 건네며 신청용지에 기입하도록 했다. 내가 옛날 애인과 닮았다는 말도 덧붙였다.

신청용지에는 간단한 질문사항이 쓰여 있었는데, 가령 매스컴에 얼굴을 노출해도 되는지, 어떤 테크닉을 가지고 있는지 등이었다. 다음으로 가게의 서비스 내용을 지도한다며, 면접관과 함께 근처의 러브호텔로 가서 다시 면접을 보았다. 농아의 접대부가 어떤 식으로 손님에게 서비스를 하고 얼마나 만족시킬 수 있는지를 확인하기 위해서였다.

잔뜩 긴장을 한 나는 몸을 깨끗이 씻고 실기시험(?)에 임했다. 면접관이 손님이 되고 나는 여느 때와 마찬가지 플레이를 했더니 면접관은 30분도 지나기 전에 절정에 달해 내게 합격을 외쳤다.

그리고 나서 그는 명함과 함께 5만엔을 주었다. 섹스도 하지 않았는데 그에게서 5만엔이나 되는 거액을 받았다. 받아도 되냐며 내가 망설이자 자신의 가게로 오길 원해서 5만엔을 주는 것이라고 했다. 명함을 보자 그 면접관은 다름 아닌 'S'의 사장이라 순간 심장이 멎는 줄 알았다.

결국 나는 그 가게에서 일하기로 결심했다. 'S'는 빌딩의 1층과 2층을 빌려 영업을 하는 윤락업소였다. 가게에는 커다란 간판도 달려 있었다. 'S'란 '생(生)'의 약자로, 즉 콘돔을 사용하지 않고 서비스를 한다는 의미이다. 나는 콘돔을 사용하지 않으면 성병이나 에이즈에 걸리는 것은 아닌가 하고 걱정했더니 그곳에서는 병원에서도 인정받은 약용 소독 비누로 손님이 성병이 있는지 없는지를 알 수 있다고 한다. 손님이 그 비누를 사용한 후 아픔을 느끼면 성병이 있는 것이다. 조그만 약용 소독 비누 한 개가 900 엔이나 했다. 그 비누만 있으면 성병 예방이 가능하여 안심할 수 있었다.

그래도 성병이 두려워 내가 주저하는 듯하자 주인은 아무 문제없다며 나를 안심시켰고, 나는 결국 'S'에서 일하게 되었다. 들어간 직후부터 잡지의 누드모델 일이 여러 건 들어왔다. 내가 사장의 마음에 들었기 때문인지 가게의 다른 스텝들도 내게 친절히 대해 주었다.

또한 이 가게의 장점 중에 하나는 식사 중에 손님의 지명을 받아도 식사가 끝날 때까지 기다려 준다는 점이었다. 이전의 가게들은 무엇을 먹고 있든 손님이 부르면 식사를 중단하고 불려가야 했는데 말이다.

나는 'S'에서 일주일에 4일만 야간부로 활동하고 주말 저녁에는 일이 끝나는 대로 클럽에 놀러갔다. 클럽에 가는 날은 일을 빨리 끝내고 달려갔다.

드디어 매스컴에 데뷔하다

난생 처음으로 미국에 가다

동생들은 이렇게 말했다.
'트로이는 좋은 사람 같지만 언니와는 어울리지 않아.'

접대부 일에 전념하다 보니 자신의 외모에 보다 신경을 쓰게 되었다. 내가 좋아하는 헤어스타일을 지금껏 할 수 있어 좋았지만 아무래도 그것만으로는 문제가 있는 것 같았다. 여러 손님들을 만나면서 조금은 변화를 주고자 하는 마음이 생겨 가끔 머리 모양을 바꾸기도 했다.

어느 날 가게에 모 잡지사의 편집부장이 찾아와 내게 '연재 의뢰'를 했다. 잡지에 글을 쓰는 것은 처음이라 조금 당황했다. 그저 내가 일을 하면서 평소에 느낀 점이나 생각한 점을 1페이지 분량으로 써주면 된다고 했다. 작가나 다른 사람이 나에 대한 글을 써준 적은 많았지만 내가 직접 글을 쓰기란 이번이 처음이었다. 편집자와 여러 가지로 상담을 하면서 원고를 써나갔던 기억이 난다. 잡지에 글을 연재하는 일은 내게 좋은 경험이 되었다.

이렇게 해서 나는 윤락업소 'S'에서 접대부 일도 하고 잡지에 연재도 하면서 생활했다. 그러던 어느 날 LA에 있는 트로이에게서 팩스가 왔다. 팩스에는 아내와 이혼했으니 혼인비자 절차를 밟아 LA에 오라는 것이었다. 혼인비자를 어떻게 수속해야 하는지 몰라 나는 미국 대사관에 팩스로 문의했다.

대사관에서는 사실을 증명하는 트로이의 편지와 나의 은행구좌 예금 잔고 등의 서류가 필요하다고 했다. 나는 이런 트로이의 제안이 기쁘기도 했지만 한편으로는 트로이가 이혼했다고 해서 바로 그와 결혼하고 싶지는 않았다. 오랫동안 만나지 못했기에 그가 지금 어떤 상태에 있는지도 몰랐다. 불륜을 저지르는 남자와 결혼해도 되는가, 하는 의문도 여전히 남아 있었다. 그때 나는 모든 일이 순조롭게 진행되던 때라 굳이 그와 결혼해야 할 필요성을 느끼지 못했던 것도 사실이다.

결국 나는 직접 LA에 가서 우리들의 관계를 확인해 보는 것이 좋겠다고 결론짓고는 일주일 동안 LA에 가기로 했다.

태어나서 처음 떠나는 해외여행이라 설레었다. LA국제 공항에 도착하여 길고 긴 세관을 통과하여 짐을 받고 밖으로 나가자 트로이가 나를 기다리고 있었다.

난생 처음으로 미국에 가다

오랜만에 우리는 재회했다. 트로이는 나를 유니버설 스튜디오에도 데려가 주고 시내 구경도 시켜 주었다. 나는 그런 그의 행동에 따뜻함을 느껴 결혼을 고려해 보자는 생각을 했다.

내가 일본으로 돌아갈 때 트로이는 공항까지 배웅 나와서는 내게 표범 인형을 안겨주었다. 그리고는 네가 빨리 꿈을 이룰 수 있도록 기도한다고 했다. 실은 트로이에게 '미국에서 그와 살 꿈을 실현하기 위해서 많은 돈이 필요하므로 접대부 일을 하고 있다'고 말해 두었기 때문이다.

미국에서 트로이와 즐거운 시간을 보낸 나는 일본에 돌아와서 더욱 열심히 일에 열중할 수 있었다. 돈도 저금하면서 일을 했다.

데이브에게 줄 선물도 잊지 않고 사왔다. 데이브는 내가 LA에 애인이 있다는 사실을 알고 있었다. 그것을 알면서도 나와 사귀고 있었지만 그래도 나는 그에게 미안한 마음과 감사한 마음이 있었다. 그래서 데이브에게만 특별히 선물을 많이 샀는지 모른다.

'S'에서 사건이 일어났다.

접대부 한 명이 손님에게 콘돔을 사용하고 있다는 사실이 접대부들 사이에 밝혀진 것이다. 가게 규칙상 콘돔을 사용할 수 없는데도 지금껏 써왔다는 사실에 모두 분개했다. 그러나 나도 성병이나 에이즈에 대한 두려움을 갖고 있었던 터라 손님에게 콘돔을 사용했다. 그랬더니 내 손님

중 한 명이 주인에게 콘돔을 사용했다며 불평을 해서 사장에게 주의를 받았다. 나만 그런 것이 아니라 모두들 사용한다고 말하고 싶었지만 그러지는 못하고 내 생각을 사장에게 말해 보기로 했다. 하지만 사장도 가게의 이익을 위해서는 불가피하다며 콘돔 사용을 용납하지 않았다.

결국 이 가게도 자신들의 이익만 생각한다는 아주 당연한 사실을 깨닫고는 그만둘지 어떨지 망설이게 되었다. 그 일이 있은 후, 지금까지 내게 친절했던 사장과 남성 스탭들의 태도가 냉담해졌다. 돌변한 그들의 태도에 화가 난 나는 짐을 챙겨 인사도 없이 가게를 나와 버렸다.

접대부 일을 시작한지도 벌써 1년 반이 지나고 있었다. 나는 기분전환을 위해 한 번 더 LA에 가기로 했다. 이번에는 동생들을 데리고 갔다. 동생들에게 트로이를 소개시켜 주기 위해서였다. 이번 여행을 통해 트로이에 대해 보다 자세히 알 수 있을 것 같다는 기대로 가슴이 벅차올랐다. 어쩌면 트로이와 깊은 관계가 될지도 모르는 일이었다.

하지만 동생들이 본 '나와 트로이의 관계'는 자신들이 상상했던 것과는 완전히 다른 모양이었다. 동생들은 이렇게 말했다. '트로이는 좋은 사람 같지만 언니와는 어울리지 않아.'

나는 그 여행에서 몇 번이나 트로이와 싸움을 해서 성질을 냈다. 나는 아직 연애의 기술이나 노하우가 없었다.

게다가 나는 한 번 화가 나면 상대에게 큰소리를 지르고 만다. 사랑의 감정이 격렬해서 차분하게 이야기를 할 수가 없었다.

그런 나를 귀찮게 여겼는지 그 뒤로 트로이는 나를 자꾸 피했다. 동생들은 나에게 언니도 고쳐야 할 점이 많다며 충고를 했지만 동생들의 말이 귀에 들어오지 않았다.

트로이 또한 기분파라 기분이 좋을 때는 동생들을 위해 이곳저곳 구경도 시켜 주지만 기분이 나쁠 때면 방안에 틀어박혀 나오질 않았다. 또한 내가 입는 옷에 대해서도 '매춘부 같다'며 트집을 잡았다.

둘의 취미가 다른 점을 비롯하여 이번 여행을 통해 트로이의 좋은 점과 나쁜 점에 대해 어느 정도 파악할 수 있었다. 취미가 다른 사람과 함께 하면 취미의 폭이 넓어져서 좋을지 모른다고 생각도 했지만 역시 트로이와는 계속 사귀지 못하겠다는 생각이 들었다. 우리는 둘 다 싸우고 나면 어떻게 화해를 해야 할지 몰랐다.

트로이와의 관계가 애매해진 상태에서 일본으로 돌아왔다. 나는 선물을 가지고 록뽕기의 클럽에 데이브를 만나러 갔다. 트로이와 깊은 관계를 맺을지 모른다는 기대로 떠난 LA여행이 오히려 데이브 쪽으로 내 마음을 기울게 만드는 계기가 되었다. 싸움을 해도 데이브는 항상 내게 진정하라고 달래면서 내 감정이 가라앉을 때까지 기다려 주었다. 데이브는 무슨 일이 있으면 고함을 지르는 나에게 언젠가는 고쳐지겠지 하는 기대를 갖고 있었던 모양이었다.

미군기지의 숙소에서는 여자를 자신의 방에 데리고 올 때는 '큰소리를 내지 않는다', '주위에 피해를 주지 않는다'는 조건이 있었다. 그것도 모르고 내가 큰소리를 지르는 바람에 데이브가 체포된 적도 있었다.

그는 절대 나를 때리거나 괴롭히지도 않았는데 말이다. 단지 데이브는 술 마시기를 좋아해서 때때로 같은 말을 반복하는 술버릇이 있었다. 그런데 나는 그것을 참지 못하고 고함을 지르면서 그를 때렸던 것이다. 언제나 그런 일이 있은 뒤에는 그에게 미안한 마음이 들었다. 나는 그런 일을 계속 겪으면서 연애의 감정을 조절하는 방법을 데이브에게서 조금씩 배워나갔다.

신데렐라 콘테스트 1위

독자들의 인기투표에서 넘버원이 되었다는 사실이
무엇보다 기뻤다. 왜냐하면 '농아 접대부'인 나를
수많은 손님들이 인정해 준 것이기도 하니까.

어느 날 록뽕기의 클럽에서 놀고 있는데 한 여자가 내
게 다가왔다. 그녀는 잡지에 실린 내 사진을 보았다며 자
신의 가게에서 일해 보지 않겠냐고 물었다. 그녀의 이름은
나오코. 놀라운 것은 그녀도 나와 같은 농아인데다 오랫동
안 접대부 생활을 해왔다는 점이다.

같은 농아라 그런지 그녀에게는 믿음이 갔다. 그래서 나
는 그녀가 운영하는 '퓨어 러브'에서 일하기로 했다.

'퓨어 러브'는 록뽕기에 위치하여 일이 끝난 뒤 놀기에
도 좋았다. 그녀는 놀다가 잘 곳이 없으면 가게에 묵어도
좋다고 했다. 또한 이 가게는 종업원이 모두 여성이고 차
이나 드레스를 입고 일을 했다. 그들도 이전에 접대부를

한 경험이 있던 사람들이라 우리의 상담도 잘 들어주어 사이가 좋았다.

이곳 접대부들은 모두 개성이 넘쳤고 의상도 란제리를 입은 여자, 미니 스커트를 입은 여자, 스포티한 옷을 입은 여자 등 다양한 접대부들이 매직 미러가 달린 '접대부 대기실'에서 손님을 기다렸다. 나오코 씨의 가게 '퓨어 러브'는 생긴지 얼마 되지 않아서인지 매스컴의 취재 의뢰나 그라비어 의뢰가 가게로 많이 들어왔는데 그 대부분이 나에게로 돌아왔다.

왜냐하면 주인인 나오코 씨가 농아 접대부는 흔치 않다며 이 점을 이용해 선전해 보자는 생각을 가진 사람이었기 때문이다. 이 점 또한 지금까지의 가게들과는 크게 달랐다. 게다가 '퓨어 러브'는 매스컴 관계의 사람들과도 자유롭게 접촉할 수 있었다. 그래서 나도 나의 인기만을 생각하지 않고 주인과 가게를 위해서도 더욱 열심히 해야겠다는 의욕이 생겼다.

'퓨어 러브'는 윤락뿐 아니라 SM, 이메쿠라, 성감 마사지 등 종합적인 플레이를 하는 유흥업소로 손님을 대하는 접객법이나 서비스 지도를 주인에게 직접 받았다. 나오코 씨가 과거 인기 절정의 접대부였던 경험을 살려 그 노하우를 직접 가르쳐 주었다.

일반적으로 '접객의 요령'이나 '서비스의 노하우'는 남성 종업원이 접대부에게 지도해 주는 일은 있어도 접대부가 다른 접대부에게 그것을 가르쳐 주는 일은 거의 없다. 나는 그렇기에 나오코 씨로부터 지도받는 것이 얼마나 기뻤는지 모른다. '사랑을 다할 것', '손님을 연인이나 남편으로 생각하고 다정하게 대할 것' 등을 나오코 씨는 몸으로 보여주었다.

손님에 대한 세심한 배려를 잊지 말고 언제나 손님에게 정성을 다해 기분좋은 플레이를 할 것. 이것이 가능하다면 설령 매스컴에 얼굴이 나오지 않아도 업계에서 넘버원이 될 수 있다고 했다. 접대부 일은 젊은 여자면 누구나 할 수 있을 것 같으면서도 실은 프로가 될 각오가 없으면 하기 힘든 일이다. 남성의 성기는 매우 민감한 데다, 타인, 그것도 이성의 성기를 자극하여 돈을 버는 직업이므로 정성을 다하지 않으면 반드시 손님에게 영향을 미치고, 그 손님은 두 번 다시 가게에 오지 않는다.

'퓨어 러브'에서는 플레이 후에 모든 손님에게 설문조사를 해서 접대부 평가를 했다. 손님의 솔직한 평가와 감상을 들음으로써 일에 대한 반성과 개선을 꾀할 수 있었다. 다른 가게에서는 누구도 가르쳐 주지 않았던 주인의 비법을 익히기 위해 나는 매일 가게로 갔다. 내 경우 매스컴에 얼굴이 많이 알려져 있었기 때문에 가게에 보증금이 걸려 있어 하루에 한 명밖에 손님이 없어도 최소 3만엔은 수중에 들어왔다. 물론 이것은 다른 가게로 쉽게 옮겨가지 못하게 하기 위한 방법이기도 했지만 오히려 나는 이전보다 수입이 늘어 더욱 가게를 위해 열심히 일해야겠다고 다짐했다.

그리고 그쯤에 좋은 일이 있었다. 주간으로 발행되던 '나이타이뉴스'라는 잡지가 있었는데 거기에서 매년 접대부로 일하는 여성들을 대상으로 '미스 신데렐라 콘테스트'를 개최했다. 그런데 그 해 독자 인기투표에서 나, '퓨어 러브'의 효짱이 1위로 뽑혔던 것이다.

본선에서는 미스 신데렐라로 뽑히지 못했지만 독자들의 인기투표에서 넘버원이 되었다는 사실이 무엇보다 기뻤다. 왜냐하면 '농아 접대부'인 나를 수많은 손님들이 인정해 준 것이기도 하니까.

주말이면 일이 끝나는 대로 데이브가 가게에 놀러와서 함께 클럽에 가거나 침대가 있는 방에 숙박하여 사랑을 확인하는 데이트를 즐겼다. 그러면서도 나는 마음속으로 데이브로 할 것인가 트로이로 할 것인가 망설이게 되었다. 나는 둘 다 버릴 수 없었으므로 결국 어느 한쪽을 택한다는 게 쉽지 않았다. 두 남성과 동시에 애매한 관계를 유지하는 것은 모두에게 미안한 생각이 들었다. 하지만 나는 도저히 둘 중 하나를 선택할 수가 없었다.

그래서 나는 트로이와 내가 어떤 관계인지 한 번 더 확인하기 위해 세 번째 미국행 비행기를 탔다. 1주일간의 LA여행. 이제 나는 어느 정도 미국도 익숙해져 필요한 짐만 들고 그곳에 갔지만 정작 트로이는 이전과는 전혀 다른 인간으로 변해 있었다.

　LA국제공항에 도착해 보니 트로이의 모습은 보이지 않았다. 3시간이나 기다린 끝에 트로이의 직장으로 연락이 되어 그가 공항으로 나왔다. 트로이가 피곤해 보이기에 걱정이 된 나는 그에게 열심히 말을 걸었더니 운전중이니까 말 걸지 말라는 냉담한 대답만 돌아왔다.

　트로이는 집에 도착하자마자 내가 접대부로 일하는 것이 싫다며 버럭 화를 냈다. 나는 깜짝 놀라 일은 일이고 연애는 연애라고 반론했다. 이렇게 하여 우리의 관계는 점점 멀어지게 되었다.

　나도 그도 입을 꼭 다문 채 나흘간 아무 말도 하지 않았다. 하지만 버스 노선도 모르고 지하철을 탈 줄도 모르는 LA에서 그가 데려다 주지 않으면 어디에도 갈 수 없었던지라 어쩔 수 없이 트로이에게 먼저 말을 걸었다. 그래도 그는 말을 하려 하지 않았고, 그런 그의 모습에 화가 난 나는 끝내 화를 참지 못하고 물건을 던지며 욕을 해댔다. 그러자 트로이도 화가 났는지 나를 들어올려 땅바닥에 내던져 버렸다. 머리에 피가 터진 듯했다. 나는 그 길로 트로이의 집을 나와 공중전화로 그곳 경찰에 신고했다.

　그 뒤 경찰의 충고에 따라 트로이의 집을 나와 공항 근처의 힐튼호텔에 숙박하게 되었다. 혼자 남은 나는 냉정히 그에 대해 생각해 보았지만 머리만 복잡해져서 결국 울음을 떠트리고 말았다.

파이팅!

그런 내 모습이 보기에도 안타까웠는지 그곳 호텔 종업원이 내게 말을 걸어왔다. 일본계 남성이었는데 그는 내가 LA에 있는 동안 가이드 노릇을 해주었다. 차츰 마음이 진정되어 그와 함께 데이트를 하며 남은 시간을 보냈지만 LA에 있는 동안 상처 입은 나의 마음은 아물지 않았다. 나는 결국 지친 육신을 끌어안고 LA를 떠났다.

일본에 돌아온 나는 이제 트로이는 잊고 데이브를 택하기로 정했다.

그런데 트로이는 사죄의 편지와 팩스를 계속 보내왔다. 나는 트로이에게 일본에 애인이 생겼다는 글을 써서 답장을 했다. 그래서 이제 그와는 끝이려니 생각했는데 트로이는 애인과 잘 되길 빈다며 언제까지나 나를 기다리고 있겠다는 팩스를 보냈다.

나는 혼란스러웠다. 도대체 어떻게 된 일일까. 이미 트로이도 좋아하는 사람이 생긴 걸까. 그래서 내 사랑이 잘 되길 빈다고 말한 것일까. 그렇다면 왜 언제까지나 나를 기다리고 있겠다고 했을까. 나는 도무지 그의 속마음을 알 수 없었다.

새 출발

미국으로 가서 복지학교에 들어가 자격을 취득하여
농아 어린이들을 가르치는 선생님이 되고 싶었다.
돈과 기회만 있으면 패션디자이너 일도 해보고 싶었다.

내가 혼란에 빠져 있을 때, 모 유명 여성 주간지로부터 취재 의뢰가 들어왔다.

'농아 접대부 이야기'는 독자의 관심을 끌기에 충분하다며 4페이지 가량 특집기사를 내고 싶다고 했다. 나는 이것이야말로 큰 기회일지 모른다고 생각하고는 대번에 취재 의뢰를 받아들였다.

당시 나는 부모님이 빌려주신 집에 혼자 살고 있었다. 하지만 일하고 노는데 바빠 가게에서 잠을 자고 오랫동안 집에 돌아가지 못했다. 여성 주간지에 '농아 접대부 효짱'으로 내 기사가 소개되자 그 반향은 생각 이상으로 컸다. 매일같이 가게로 문의전화가 빗발쳤다.

물론 전화의 반 이상이 장난이거나 여성잡지에서 크게 소개된 데에 대한 시기심에서 비롯된 전화였지만 나오코 씨의 말에 따르면 그만큼 내가 주목받고 있다는 의미니까 오히려 기뻐해야 할 일이라고 했다. 그래서 나는 나쁜 평판에도 동요하지 않고 지낼 수 있었다.

어느 날, 집에 일이 있어 어머니에게 전화를 했더니 어머니는 내 목소리를 듣자마자 막 화를 내는 것이었다. 내가 어릴 때부터 어머니의 고함소리에는 익숙해져 있었지만 이번에는 그 이유를 몰라 난처했다.

수화기에서 새어나온 어머니의 고함소리가 온 가게에 울렸던지 내가 전화를 끊은 뒤에 주위 사람들이 몰려왔다. 아마 여성주간지에 실린 내 기사를 어머니가 읽은 모양이었다. 접대부로 일한다는 것을 들켜 버린 것이다.

몇 번이고 강조하지만 나는 접대부로 일하는 것을 부끄럽게 생각하지 않는다. 부모님에게도 충분히 내 뜻을 전할 수 있었지만 화가 머리끝까지 난 부모님에게 아무리 설명해도 들어주시려 하지 않았다. 귀찮아진 나는 아예 집을 나오기로 결심했다.

이삿짐센터에 1시간 이내에 내 짐을 모두 챙겨 창고에 맡기도록 부탁했다. 일꾼 4명이 집으로 와서는 순식간에 짐을 상자에 넣어 트럭에 실어갔다. 이렇게 해서 나는 노숙자 신세가 되었다.

그러나 주인은 새 집을 마련할 때까지 가게에서 자도

좋다고 허락했다. 매일 다른 침대에서 잠을 자는 것도 그리 나쁘지 않았다.

그로부터 1개월이 지났다. 그 동안 아츠키 기지에 내가 데이브를 만나러 가거나 그가 가게에 놀러 오거나 해서 우리들은 이전보다 자주 만나게 되었다. 나는 부모님과의 일을 잊고 싶은 마음에 쉬지 않고 일했다. 가게에 묵어서인지 일거리도 더욱 늘어났다. 그렇게 바쁘게 생활하다 보니 어느새 나는 몸도 마음도 완전히 지쳐 있었다.

쉬려고 해도 쉴 수가 없었다. 이대로 계속 일하다가는 나중에는 아무 일도 하고 싶지 않을 것만 같아 두려웠다. 생각 끝에 나는 시내의 호텔로 거처를 옮기기로 정했다. 그러나 데이브가 호텔에 머물면서 비싼 요금을 지불하느니 차라리 아츠키 기지 근처에 있는 싼 호텔에 묵든지 자신의 방에 묵으러 오라고 했다. 결국 나는 그의 제안을 받아들여 그의 방으로 거처를 옮겼다. 그때 나는 몸도 마르고 기운도 없는 상태였다.

역시 데이브의 말을 듣길 잘했다. 아츠키 기지 내의 레스토랑에서 파는 식사는 군인용이라 영양도 좋고 양도 많았기에 나는 점차 몸에 살도 붙고 데이브와의 사이도 좋아졌다. 그와 함께 보내는 시간은 즐거웠다. 남는 시간에는 장래의 일이나 트로이에 대해 생각해 보기도 했다. 그리고 여태껏 잊고 있었던 나의 꿈도.

미국에 이주하기 위해 LA로 유학 갈 꿈을 나는 아직

포기하지 않았다. 미국으로 가서 복지학교에 들어가 자격을 취득하여 농아 어린이들을 가르치는 선생님이 되고 싶었다. 돈과 기회만 있으면 패션디자이너 일도 해보고 싶었다. 그리고 장래에는 의류관계 사업에도 손을 대고 싶었다.

이런 생각을 하면서 나는 데이브의 방에서 먹고 자면서 그에게 매일 폐를 끼치기만 했다. 이대로 있어도 되는 것인지 한참 고민하는 것을 데이브가 알아챘는지 이제 LA에 가보는 것이 어떠냐고 했다. 그리고는 반강제적으로 LA행 비행기표를 사게 했다.

하지만 그 단계에 이르러서도 나는 내가 무엇을 하고 싶은지 정확히 알 수 없었다. 그토록 고민하고 망설인 적이 없었다. 그리고 계속 그에게 빌붙어 살 수도 없는 노릇이었다. 데이브도 점점 나를 귀찮게 여기는 듯했다. 역시 당분간 그와 떨어져 있는 것이 좋겠다고 판단한 나는 LA로 떠났다.

LA에는 나를 기다리는 트로이가 있다. 무조건 LA로 가서 나의 꿈을 실현하기 위해 우선 유학할 학교를 둘러보기로 했다. 지금까지의 LA여행은 단순한 여행에 지나지 않았지만 이번만큼은 미래를 위한 준비로서 여행을 하고 싶었다.

그러나 LA국제공항에 도착하자마자 그런 나의 계획이 허물어지기 시작했다.

전과 마찬가지로 트로이는 공항에 나와 있지 않았다. 그것도 이번에는 5시간이나 기다려도 그는 모습을 보이지 않았다. 공항에는 전화를 대신해서 걸어주는 서비스가 있었는데 그곳에서 1시간이나 걸려 트로이와 겨우 연락을 취했다. 트로이가 공항에 나타난 것은 그로부터 무려 2시간 후였다.

저번 여행 뒤에 그가 일본에 있는 나에게 줄기차게 보내왔던 사죄의 편지와 팩스는 도대체 무엇이었단 말인가. '나는 너를 언제까지나 기다리고 있을 거야' 하는 그의 말만 믿고 LA에 날아온 내가 바보였던가.

그 뒤로 트로이의 태도는 하나하나 그의 말과는 상반되는 것뿐이었다. 트로이에게 이미 애인이 있음을 알렸고 그도 그것을 인정했음에도 나를 만난 순간 그는 데이브에 대해서나 접대부 일, 그리고 하다못해 내가 입고 있는 옷에 대해서도 불평을 늘어놓았다. 결국 그런 트로이에 대해 나는 또 감정이 폭발하고 말았다. 하지만 이제 다시 돌아갈 곳도 살 곳도 없는 상태에서 나는 어디로 가야 할지 막막했다. 부모님에게 심한 야단을 맞고 집을 나온 데다 접대부 일에도 지쳤고 데이브와 사이도 나빠져 미국 땅을 찾아왔는데 어떻게 이럴 수가 있을까.

그때 마침 비슷한 시기에 뉴욕으로 여행 와 있던 접대부 친구로부터 만나자는 연락이 왔다. 나는 앞뒤 생각할 겨를도 없이 기쁜 마음으로 뉴욕행 비행기를 탔다. 거짓말쟁이에다 불평만 하는 트로이가 있는 LA에 더 이상 있고 싶지 않았다.

뉴욕은 처음이었다. 뉴욕은 날씨도 춥고 매우 위험한 도시라는 좋지 않은 이미지를 가지고 있었다. 하지만 조금이라도 빨리 LA를 떠나고 싶었다.

그러나 이렇게 가게 된 뉴욕에서 내 인생이 완전히 바뀌어 버릴 줄 그때는 미처 알지 못했다.

제4장

뉴욕, 지옥의 나날과 천사의 탄생

뉴욕에 오다

> 뉴욕의 클럽은 뭐랄까 아주 자연스러우면서 그저 힙합과 랩에
> 맞춰 신나게 몸을 흔드는 분위기가 마음에 들었다.

초조하고 불안한 마음을 안고 존 F. 케네디 공항에 내렸다.

넓은 회색 활주로를 보면서 나는 친구가 나를 기다리고 있으니까 아무 문제없다고 비행기 속에서 마음을 진정시켰다.

비행기를 내려 짐을 찾아 근처에 있는 출구를 나가자 친구가 나를 기다리고 있었다. 그녀와 택시로 예약한 호텔로 향했다. 창 밖으로 보이는 뉴욕의 거리와 고층 빌딩들을 보고 있자니 묘하게 가슴이 설레었다. 나는 뉴욕을 좋아하지 않는다. 하지만 이곳에도 어떤 매력이 숨어 있을지 모른다. 사람들은 뉴욕의 어떤 점에 이끌려 이곳에 살고

있는 것일까.

우리가 도착한 곳은 23번가에 있는 YMCA라는 싼 호텔이었다. 뉴욕의 번화가까지 택시로 5분이면 갈 수 있는 곳에 위치하면서도 하루에 40달러의 요금만 지불하면 되니 가히 뉴욕에서 가장 싼 호텔이라 부를 만하다. 나는 조그만 침대만 있으면 더 이상 바랄 것이 없었기에 방이 낡고 좁아도 기분나쁘지 않았다. 그리고 남는 돈으로 선물을 사고 클럽에 가거나 헬리콥터로 뉴욕을 내려다보면서 즐겁게 지내면 되는 것이었다.

몸매에도 어느 정도 자신이 있었기에 공동 샤워실에서 타인에게 알몸을 보이는 것도 부끄럽지 않았다. 고급 호텔에 묵어도 어차피 반나절은 밖에 나가 있을 테고 무엇보다 이렇게 싼 숙소에 묵으면 가난하게 보여 강도를 만날 위험은 없겠다 싶어 안심이 되었다. 고급 호텔은 안전할 듯 하면서도 도난율이 의외로 높다. 그때 내 수중에는 현금으로 70만엔 이상 있었기 때문이다.

지금 생각해 보면 당시 나는 현금카드를 사용할 줄도 모르는 바보 관광객이었다. 그리고 그 거리가 맨해튼이고 택시로 5분만 가면 나온다는 번화가가 브로드웨이인지도 몰랐다.

그날은 친구가 살고 있는 집에 들렀다가 밤에 클럽을 돌아보기로 했다. 치장을 빨리 끝내고 YMCA를 나와 친구와 처음으로 뉴욕의 지하철을 탔다. 지하철은 생각했던 것만큼 그리 위험하게 보이지는 않았는데 뉴욕의 지하철은 노선이 복잡한 데다 전차의 색과 번호를 외워야 제대로 탈 수 있다는 친구의 말에 겁을 집어먹었다. 정말 지하철 홈에는 일본처럼 '다음은 ○○행'이라는 말도 없었고 그저 역 이름만 표시되어 있을 뿐이었다. 전차 안이나 역에 붙어 있는 노선도를 일일이 확인해야 목적지까지 갈 수 있었다.

게다가 이름만 같고 노선이 다른 역이 여럿 있었고 또 지상의 도로도 '몇 번가'라는 번호와 거리의 이름이 별개였다. 그런 사실을 깨닫기까지에는 1년이란 세월이 걸렸다. 한밤중에도 지하철을 탈 수 있게 된 지금에 와서 생각하면 지하철을 두려워했던 자신이 아주 순진하게 느껴지기도 한다.

밤이 되자 우리는 뉴욕의 클럽으로 갔다. 그곳에는 셀 수 없이 많은 흑인들이 모여 있었다. 체육관 같은 넓은 클럽에 천 명은 족히 모여 있는 것 같았다. 한껏 멋을 낸 흑인 여성과 남성들. 그들을 보는 것만으로도 흐뭇했는데 바닥을 뒤흔들 정도로 크게 울려 퍼지는 힙합과 랩에 맞춰 신나게 춤을 췄다.

흑인들의 춤은 박력이 있었다. 샴페인 잔을 손에 들고 멋있게 춤을 추는 사람도 있었고 서로에게 몸을 감고 춤을 추는 커플도 있었다. 춤에는 어느 정도 일가견이 있는 나도 넋을 잃고 그들의 춤추는 모습을 바라볼 정도였다.

LA의 클럽에는 몇 차례 가보았지만 일본과 별 차이를 느끼지 못했다. 하지만 뉴욕의 클럽은 뭐랄까 아주 자연스러우면서 그저 힙합과 랩에 맞춰 신나게 몸을 흔드는 분위기가 마음에 들었다. 뉴욕이 좋다는 친구의 마음을 충분히 이해할 수 있을 것 같았다.

하지만 그 친구는 나보다 먼저 일본으로 돌아갔다. 나도 2주 후에는 LA에 들렀다가 거기에서 일본으로 돌아갈 예정이었다. 혼자 뉴욕을 헤매고 돌아다니는 것도 나쁘지는 않을 거라며 아무 걱정하지 않았다.

친구가 돌아가기 전에 잭키라는 일본인 여자를 내게 소개해 주었다. 잭키는 학생이었는데 아주 특이한 여자였다. 전신에 문신을 하고 얼굴에는 귀걸이를 여러 개 달았다. 그리고 머리는 완전히 금발로 물들인 개성이 넘치는 여자였다. 나는 잭키가 어떤 아이인가 궁금해 소개시켜 준 친구에게 물어보았더니 마음씨가 고운 아이라고 했다.

그 잭키가 뉴욕에서 만난 나의 첫번째 친구가 되었다. 나도 일본에서 코에 코걸이를 하고 피부를 검게 태워 흑인들과 어울려 다녔으니 보통 사람들 입장에서는 내가 불량스럽게 보였을 것이다. 그 동안 외모로 인해 오해를 받은 적이 많았던 나였기에 잭키를 그녀의 외모만으로 판단하지 않았다. 하지만 솔직히 그녀가 레즈비언은 아닐까? 약물 중독은 아닐까? 하는 의심도 했다. 실제로 그녀는 정말 좋은 사람이었다. 특히 마음씨가 고왔다. 타인인 나에

게 뉴욕의 명소나 클럽을 소개해 주는 등 많은 도움을 주
었다. 나는 그녀가 가르쳐 준 클럽 중에서 혼자서 갈 만한
곳을 골라 밤마다 그곳을 찾아갔다. 거기에서 흑인 남성들
과 춤추고 놀다가 술에 취해서는 YMCA까지 걸어서 돌아
왔다.

카릴과의 만남

> 나는 나의 심장 고동소리가 그에게 들릴까 부끄러웠다.
> 그런 기분은 처음이었다. 마치 처음 연애를 하는 처녀처럼
> 얼굴이 발갛게 달아오르는 기분.

　어느 날 클럽에서 만난 흑인 남성과 다음 날 YMCA에서 다시 만날 약속을 했다. 다음 날 내가 머리를 다듬고 있는데 방문을 노크하는 소리가 들렸다. 데이트 약속을 한 그 남자인가 해서 문을 조금 열어보자 문 앞에는 처음 본 흑인 남성이 서 있었다. 그가 내게 뭐라고 말을 했다. 하지만 그의 입술을 읽으려 해도 도무지 알아들을 수 없었다.

　외관상으로 나쁜 사람처럼 보이지 않길래 '나는 귀가 잘 들리지 않으니 종이에 써주겠습니까?' 하고 메모 용지를 건넸다. 그러자 그는 '나는 이 호텔 보안책임자의 친구입니다. 당신 친구가 당신을 만나러 왔는데 신분증을 가지

고 있지 않아 호텔 안으로 모시지 못했습니다. 지금 로비에서 기다리고 있습니다' 하고 썼다. 문을 활짝 열자 그의 얼굴이 자세히 보였다. 그는 키도 컸고 미국에서 인기 절정에 있는 스누프 도기 독(Snoop Doggy Dogg, 흑인 랩가수;옮긴이)과 닮은 멋진 청년이었다. 정말 '맛있어 보이는' 남자였다. 나도 모르게 그의 이름을 물었다. 그러자 그도 YMCA에 숙박하고 있는 모양으로 자기 방 번호를 가르쳐 주었다.

레게 클럽에 함께 간 남성이 자신의 집에 놀러오라고 나를 유혹했지만 YMCA에 돌아가는 편이 안전하다고 판단한 나는 그와 헤어졌다. 무엇보다 낮에 만난 키 큰 남성을 한 번 더 만나보고 싶다는 생각에서였다. 레게 클럽에서 춤을 추면서도 머리 속은 온통 그 남자 생각으로 가득해 어쩌면 그에게 첫눈에 반했을지 모른다는 생각을 했을 정도였다. YMCA에 돌아오는 대로 그가 가르쳐 준 방으로 갔다. 가슴이 두근거렸다.

그는 마침 방에 있었고 나를 따뜻하게 맞아 주었다. 그리고 나서 아침까지 노트에 써가면서 이야기를 나누었다. 그가 자신의 취미, 가족사항, 출생지, 학력 등을 써주어서 나도 나의 이야기를 노트에 썼다. 서로에 관해 알게 되자 더욱 그가 좋아졌다. 어느덧 날이 밝아왔다. 밤새도록 글을 썼더니 손도 몸도 피곤했다.

그가 내게 자고 가도 좋다면서 먼저 침대에 누웠다. 나도 그의 옆에 누웠는데 갑자기 심장이 세차게 뛰었다. 그가 팔로 나를 감싸안고는 잠을 자기 시작했다. 나는 나의 심장 고동소리가 그에게 들릴까 부끄러웠다. 그런 기분은 처음이었다. 마치 처음 연애를 하는 처녀처럼 얼굴이 발갛게 달아오르는 기분.

그때 그가 살며시 내게 키스했다. 나는 그를 원했다. 나도 그에게 키스를 했다. 둘의 몸이 뜨겁게 달아올라 우리는 옷을 벗었다. LA에서 나는 트로이와 줄곧 잠자리를 같이 하지 않았기에 섹스는 실로 오랜만이었다.

잠들어 버린 그의 옆에서 나는 LA에 있는 트로이와 일본에 있는 데이브를 떠올렸다. 그와 잔 것이 데이브에게는 미안한 마음이 들었지만 트로이에게는 아무런 감정도 일지 않았다. 트로이와는 이제 끝이다. 하지만 카릴과 일본에 있는 데이브 중에서 누구를 택해야 하나? 아무래도 오랜 관계를 맺은 데이브를 택해야겠지. 어차피 조금만 있으면 나는 일본에 돌아갈 테니. 그래 카릴과는 한 번의 연애로 끝내자. 나는 옆에서 자고 있는 카릴에 대한 마음을 그렇게 정리했다.

그날 밤늦게 혼자서 근처의 클럽에 놀러가기로 했다. 다른 남자와 놀면서 그에 대한 감정을 억누르기 위해서였다. 그래서 일본에 있는 데이브에게 돌아가기 위해서. 그런데 YMCA에서 가장 가까운 역인 '23번가 역'에 가는 도중 나는 강도를 만났다.

내 뒤를 밟아온 흑인 남자가 권총을 내 허리에 겨냥한 채 지하철 계단 밑으로 질질 끌고 갔다. 돈을 내놓으라고 남자가 협박했다. 살려달라고 소리치고 싶었지만 목소리가 나오지 않았다. 게다가 끌려간 지하철 계단 밑은 쇠창살로 막혀 있는 막다른 곳이었다. 주위에는 아무도 없었다. 그 흑인은 내 가방을 억지로 빼앗아 달아났다.

다행히 가방 안에는 여권과 현금이 들어 있지 않아 큰 피해는 없었지만 권총을 들이대고 돈을 달라는 흑인 남자의 얼굴이 자꾸만 떠올랐다. 자칫하면 살해당할 뻔했다.

그 길로 나는 택시를 타고 YMCA로 돌아와 마침 로비에 있던 카릴에게 그 사건을 이야기했다. 내 이야기를 들은 카릴은 곧장 경찰을 불러 현장까지 가서 피해조서를 써주었다. 그는 뉴욕을 만만히 보지 말라며 나를 꾸짖었다. 그리고 내일부터 외출시에는 자신과 함께 나가자며 자신의 방에 묵게 해주었다.

든든한 보디가드가 옆에 있어 주어 기뻤다. 예약한 LA행 비행기의 출발일까지 10일간의 여유가 있었다. 그 동안 그가 내게 뉴욕의 이곳저곳을 안내해 주었다. 가이드북에는 실려 있지 않는 곳들을 그가 안내해 주었다. 그것도 내 가슴을 뛰게 만드는 남성이.

매일 그와 시간을 보냈다. 하지만 드디어 LA로 떠날 날이 왔다. 나는 이제 카릴은 잊고 일본에 있는 데이브의 곁으로 가야겠다고 결심하고 가방에 짐을 넣기 시작했다. 하

카릴과의 만남

지만 나는 카릴을 마음속 깊이 좋아하고 있었다. 그래도 뉴욕과 일본은 너무나도 멀리 떨어져 있다. 맺어지지 않는 사랑도 있는 법이라며 자신을 위로했다. 일본에 있는 데이브를 생각하며 떠날 준비를 하는데 카릴이 장미꽃 한 다발을 들고 방으로 들어왔다.

나를 배웅하기 위해 온 줄 알았는데 그게 아니었다. 그는 내게 '사랑해. 일본에 돌아가지 말고 나와 결혼해 줘'라고 말했다. 데이브와는 2년 이상 사귀면서도 아직 결혼해 달라는 말을 듣지 못했는데 갑작스런 그의 결혼이라는 말에 나는 마음을 바꿔 먹었다. 일본에 돌아가 데이브와 계속 시간만 허비할 것이 아니라 뉴욕에서 카릴과 재밌게 사는 편이 나을지 모른다. 그런 생각이 순간적으로 떠올랐다.

'예스'라고 대답하고 싶었다. 하지만 만난 지 얼마 되지도 않는 남자에게 어떻게 대답하면 좋을지 망설여졌다. 그런데 갑자기 그가 눈물을 흘리며 말했다. '만일 네가 일본에 가버리면 어떻게 너 같은 여자를 다시 만날 수 있겠어. 나는 진심으로 널 사랑해. 제발 나와 결혼해 줘' 하고.

프로포즈를 받은 것은 이번이 처음이었다. 나에게는 시간이 없었다. LA행 비행기를 타려면 지금 당장 공항으로 떠나야 했다. 나는 그에게 물었다. 만일 예스라면 어떻게 할 것인지. 그러자 그는 네가 허락하면 이대로 뉴욕시청에 가서 두 사람의 혼인신고를 할 것이라고 대답했다. 예상치 못한 답에 나는 깜짝 놀랐다.

　나도 마음을 결정했다. YMCA의 로비에 가서 숙박 연장서를 내고 항공회사에 예약을 취소하는 전화를 걸었다. 그리고 나서 우리는 시청으로 직행했다.

　나의 남편이 될 그의 이름은 카릴 화이트였다.

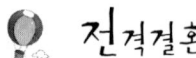 # 전격결혼

> "카릴의 아이를 낳으려고 생각하지 말아요.
> 그는 HIV 보균자예요. 그가 당신에게 아무 말도 하지 않았나요?
> 이건 살인행위나 다를 바 없어요."

　시청에는 혼인신고서를 제출하기 위해 몰려든 사람들로 장사진을 이루고 있었다.

　웨딩드레스를 입은 신부도 있었다. 총 50쌍은 되는 것 같았다. 다들 이렇게 줄을 서서라도 혼인신고서를 내려하는 이유는 얼마 있으면 국제결혼에 대한 뉴욕주의 법률이 변경되기 때문이라고 한다.

　행렬은 건물 밖에까지 이어져 있었다. 우리들은 추위에 벌벌 떨면서 2시간을 기다렸으나 그날은 끝내 시청의 업무시간 내에 우리 차례가 돌아오지 않았다. 그 뒤에도 우리는 수차례 시청에 갔다. 드디어 우리 차례가 왔는가 했더니 이번에는 보증인이 없어 혼인신고서를 제출할 수 없다는 바람에 돌아올 수밖에 없었다.

결국 우리가 혼인신고서를 제출한 것은 11번째, 그러니까 처음 시청을 간 날로부터 2주 가까이 지나서였다. 내쪽 보증인은 잭키, 그의 보증인은 YMCA에 있는 호모 남자였다.

제출하는 서류는 간단했는데 성명과 생년월일 등 필요사항을 기입한 제출용지와 신분을 증명할 수 있는 여권이 필요했다. 이번에는 결혼식을 치르기 위해 시청 바로 옆에 위치한 예식용 룸에서 차례를 기다렸다. 그날도 아침 일찍부터 시청 밖에서 줄을 서서 오래 기다린 끝에 서류를 제출한 뒤라 예식을 기다리는 동안 피로가 몰려왔다.

이름이 불렸다. 문 저편에는 신부가 서 있었다. 보증인 두 명은 우리 뒤에 섰다. 신부가 무슨 말을 하는지 잘 알아듣지 못했지만 잭키가 귓속말을 해주었다. 영화에서 자주 보던 '신부는 평생 이 남자를…' 하는 부분은 알아들었지만 내가 '예스' 하고 답하는 타이밍을 맞추지 못해 우리들은 웃음을 터트리지 않을 수 없었다. 결국 웨딩드레스도 입지 않고 평상복으로 예식을 올리고 말았다. 그것도 단 두 사람의 보증인이 보는 앞에서. 솔직히 결혼했다는 실감이 나지 않았다. 하지만 3분 뒤에는 정식으로 혼인허가서가 발행되었다.

'메리지 라이센스'라는 혼인허가서를 받은 카릴은 좋아서 어쩔 줄 몰라 하면서 YMCA 사람들에게 우리의 결혼을 자랑했다. 나도 그 허가서를 보고 있으면 정말 결혼했구나 하며 천천히 실감이 났다. 그리고 그와의 결혼으로 내 성은 화이트로 바뀌고 그때부터 '미세스 화이트'로서, 그의 아내로서 생활하게 되었다.

친지들에게 우리의 결혼 사실을 알리기 위해 카릴과 브론스에 있는 그의 사촌집을 방문했다. 그의 친지들은 우리의 결혼을 축복해 주었다. 그러나 하나 마음에 걸리는 것이 있었다. 그의 사촌집이 정말 찢어지게 가난했던 것이다. 벽지는 벗겨지고 커텐은 때가 끼어 있었다. 부서진 서랍에서 옷은 삐져 나와 있었다. 세면기에서는 온수가 나오지 않았고 화장실에도 계속 물이 새고 있었다. 부엌에 있는 식기며 그릇도 모두 낡고 더러웠다.

그곳에 모인 흑인들의 반은 젊은 여자들인데 그 중 10대의 여자아이들은 자신이 낳은 갓난아이를 안고 있었다. 카릴의 사촌은 나이트클럽에서 DJ를 한다고 했다. 좁은 방안에 레코드가 가득 쌓여 있었다. 하지만 그의 여자친구로 보이는 여자는 침대에 벌렁 드러누워 아기 침대에서 울고 있는 갓난아이를 안아주지도 않았다. 가히 보기 좋은 풍경은 아니었다.

다음으로 할렘에 있는 카릴의 가족과 친구들을 만나러 갔다. 그곳이 위험하기로 유명한 할렘임을 알게 된 것은 훨씬 뒤였다. 지금 생각해 보면 나는 정말 완벽한 바보였다.

카릴의 가족이 살고 있는 아파트에 가보았더니 아무도 없어서 그의 친구가 있는 아파트로 갔다. 그 큰 아파트가 정부의 복지정책의 일환으로 세워진 것도 그때는 몰랐다. 할렘에는 이와 같은 아파트가 많이 들어서 있는데 모두 돈이 없는 빈곤층 사람들이 싸게 빌릴 수 있도록 세워진 것이다.

맥주와 오줌이 섞인 듯한 냄새가 나는 엘리베이터를 타고 친구가 사는 집에 도착했다. 그것도 카릴의 사촌이 살던 방과 별 차이가 없이 가난했고 무슨 관계인지 알 수 없는 사람들로 가득했다. 카릴의 친구는 여성으로 카릴의 둘째형의 옛 애인이었다고 한다. 그녀는 아기를 안고 있었는데 아버지는 카릴의 형이라나.

카릴이 소파에 기대고 앉아 결혼했다고 말하자 순간 모두의 표정이 굳어졌다. 그리고 나를 뚫어져라 쳐다봤다. 그것도 아주 무서운 눈길로. 나는 이유도 알지 못한 채 흑인들이 즐겨 마시는 맥주 44OZ(맥주 상표명:옮긴이)를 마시고 있었다. 잠시 후 한 여자가 나를 부엌으로 데리고 갔다. 누군가가 부엌에서 위즈(WEEDS)라는 마리화나를 피우고 있었다. 아마 가장 나이가 많이 든 듯한 여자가 봉지에 무언가를 써서 내게 보였다. '카릴을 정말 사랑합니까? 그에게 무슨 말을 들었습니까?' 하고. 나는 맥주를 한 손에 든 채 '사랑하니까 결혼했지요. 그런데 무슨 말이라니요?' 하고 술에 취한 얼떨떨한 상태로 질문했다.

나는 그녀가 무슨 말을 하는지 이해가 되지 않았다. 그녀는 또 종이에 썼다. 그와 잘 때 콘돔을 사용합니까, 라고 쓰여 있었다. 왜 이런 질문을 하는 걸까 의아해하면서 나는 '가끔'이라고 답했다. 그러자 주위에 있던 여자들이 갑자기 비명을 질렀다. 이유를 몰라 마냥 놀라고 있는 나에게 그녀는 이렇게 썼다.

"카릴의 아이를 낳으려고 생각하지 말아요. 그는 HIV 보균자예요. 그가 당신에게 아무 말도 하지 않았나요? 이건 살인행위나 다를 바 없어요."

그녀의 눈은 진실을 말하는 것 같았다.

내가 에이즈에 걸린 남자와 결혼했단 말인가. 그렇게 생각한 순간, 심장의 고동이 엄청나게 빨라지면서 나는 그대로 정신을 잃고 말았다.

눈을 뜨자 나는 병원에 있었다. 내 입에는 산소마스크가 씌워져 있었고 카릴이 내 침대 옆에서 자고 있었다. 잠시 후 선생님이 들어와 내가 깨어난 것을 확인하고는 퇴원하라고 했다. 카릴의 말에 의하면 내가 쓰러져서 6시간 동안 의식불명 상태가 계속되었다고 했다. 의사가 내 위를 세척하여 목숨을 건졌다는 것이다.

다이어트 때문에 마시던, 지방을 연소시키는 알약 팻 버너(FAT BURNER, 다이어트 약품:옮긴이)와 알콜 성분이 섞인 것이 화근이었다. 팻 버너만으로도 체내의 혈액이 빨리 흐르는데 그 위에 알콜도수가 높은 44OZ 맥주를 마신

데다 쇼크까지 받았으니 죽었어도 이상한 일이 아니라고
했다.

나는 옆에 있는 카릴을 가만히 보았다. 병원에 나를 데
리고 와 목숨을 구해준 것은 고맙지만 어떻게 HIV보균자
라는 사실을 내게 말하지 않았나 하고 생각하니 머리의
피가 거꾸로 솟는 듯했다. 하지만 그 자리에서 카릴에게
물어보지는 않았다. 나는 흥분하면 바로 비명을 지르고 말
아 이야기가 되지 않기 때문이었다. 감정이 진정된 후에
그에게 물어보기로 했다. HIV란 에이즈 바이러스를 말하
는 것으로 HIV보균자는 에이즈 바이러스를 체내에 갖고
있음을 가리킨다. 콘돔을 착용하지 않고 섹스를 한 경우
그 바이러스에 감염될 위험이 있다.

며칠 후, 카릴의 형이 살고 있는 아파트에 갔을 때 카릴
이 형과 그의 여자친구가 있는 앞에서 내가 쓰러진 이야
기를 꺼내는 것이었다. 나는 이때다 싶어 과감히 그에게
물었다. "그녀가 당신이 HIV보균자라고 가르쳐 줬어요.
그래서 내가 그 쇼크로 쓰러진 거구요. 그게 사실이예요?"
하고.

그러자 카릴은 그녀를 죽여 버리겠다고 설쳐댔다. 때마
침 그의 어머니에게서 전화가 걸려왔다. 형이 카릴이 결혼
했다는 사실을 전하자 어머니가 그를 바꾸라고 한 모양이
었다. 카릴은 전화를 받자 등을 굽히고 소리를 죽여 어머
니와 대화를 했다. 도대체 무슨 이야기를 한 걸까.

YMCA로 돌아오기 바쁘게 그는 "사실 나는 HIV보균자야. 정말 미안해. 숨기려고 한 것은 아니었는데. 이런 내가 싫다면 나를 버리고 일본으로 돌아가도 좋아"하며 눈물을 뚝뚝 흘렸다. 그 말을 들은 나는 다리가 후들후들 떨렸다. 어떻게 내게 이럴 수가 있단 말인가. 하지만 검사를 받아보지 않으면 내가 HIV에 감염되었는지 알 수 없었다. 만일 감염되었다면 그를 '살인죄'로 고소할 수도 있다. 나는 평생 일본에 돌아가지 못하고 머나먼 이곳 미국 땅에서 죽어야 하는가. 나는 죽는 것이 두렵고 싫었다.

카릴을 흠씬 패주고 싶었다. 카릴이 미웠다. 그러나 결혼한 이상 평생 이 남자와 함께 할 것을 결심했던 나는 카릴을 용서하는 수밖에 달리 방법이 없었다. 이혼하고 싶지는 않았다. 이왕 결혼한 바에는 어떻게 해서든 행복해지도록 노력하고 싶었다.

그를 용서하는 데는 시간이 걸릴 것이다. 하지만 검사를 받아도 감염여부를 알기까지는 최소 3개월 이상 지나지 않으면 알 수 없다고 했다. 그렇다면 감염여부를 알 때까지라도 즐겁게 살자고 마음먹었다.

파이팅!

토플리스 댄서가 되다

랩댄스(지명을 받으면 손님의 자리까지 가서
손님의 다리 위에 걸터앉아 춤을 추는 댄스)를 추면
5분에 15달러를 받을 수 있다고 하여 열심히 랩댄스를 추었다.

HIV 이외에도 마음에 걸리는 일이 있었다. 카릴은 결혼
후에도 매일 같이 내게 돈을 요구해 왔다. 결혼 전에 그가
뉴욕을 안내해 주었을 때는 내가 그의 교통비며 식비를
전부 내주었다. 하지만 그는 결혼 후에도 내게 빌붙을 생
각이었나 보다. 이제 결혼했으니까 내가 그에게 돈을 줄
필요는 없다고 생각한 나는 그에게 왜 일하지 않는지 물
었다.

그는 내 질문에 대해서는 뭐라 답하지 않고 빌린 돈은
전부 갚을 거라고만 했다. 어쨌든 나도 자꾸만 그에게 돈
을 빌려주고 말았다. 처음 뉴욕에 올 때는 70만엔 정도 있
었던 돈이 불과 몇 주 만에 30만엔으로 줄어들었다.

오랜만에 만난 잭키에게 카릴이 HIV보균자였다는 사실과 내게서 계속 돈을 뜯어간다는 이야기를 했다. 그녀는 내 이야기를 끝까지 듣고 나서 "내가 아직 결혼은 성급한 것 아니냐고 했잖아. 하지만 카릴이 너를 좋아한다는 것은 누가 봐도 알 수 있어. 어쨌든 그가 하루라도 빨리 직장을 구해야 할 텐데"라며 나를 위로해 주었다.

돈이 줄기만 하여 걱정이 된 나는 카릴의 소개로 맨해튼의 브로드웨이 근처에 있는 토플리스 클럽 '모델'에서 댄서로 일하게 되었다. '모델'은 댄서와 관객이 모두 흑인으로 유명한 랩퍼들도 때때로 이 가게를 찾았다. 일본인 댄서는 나 혼자 뿐이라 나를 보는 사람들마다 신기해했다.

그러나 주위에서 나를 치켜세워 준다고 해서 기뻐하고 있을 여유가 내게 없었다. 무엇보다 뉴욕의 토플리스 클럽에서 어떻게 춤을 춰야 하는지 전혀 몰랐기 때문이다. 그저 돈을 벌 생각만 했다. 랩댄스(지명을 받으면 손님의 자리까지 가서 손님의 다리 위에 걸터앉아 춤을 추는 댄스)를 추면 5분에 15달러를 받을 수 있다고 하여 열심히 랩댄스를 추었다. 스테이지 위에서 추는 춤은 다른 흑인 댄서가 추는 모습을 보고 배웠다.

주소는 할렘, 남편의 직업은 갱

나와 카릴이 자는 방은 두 사람이 눕기에도 비좁은 방이었다.
또한 부엌에는 항상 커다란 쥐가 나왔다.
이런 곳에서 과연 내가 살 수 있을까 정말 걱정이 되었다.

    우리는 YMCA를 나와 카릴의 할아버지가 사는 집으로 이사를 하기로 했다. 이미 조부의 집에는 카릴의 누나와 아이가 살고 있었다. 내가 이사온다고 하자 카릴의 누나는 시큰둥한 표정을 지었다. 그녀는 나보다 어린 23세. 남편 없이 3살 난 아이를 키우고 있었다. 직업은 나와 같은 토플리스 댄서였다. 처음 그녀를 보았을 때 토플리스 댄서치고는 살이 너무 많은 것 같다는 인상을 받았다. 뚱뚱하게 살이 찐 것은 아닌데 엉덩이와 허벅지가 아주 튼튼했다. 이런 체형이 흑인들에게 인기가 있다는 사실을 나중에야 알았다. 당시 나는 저런 몸으로 춤을 춰도 돈을 벌 수 있는 것이 신기하기만 했다.

카릴과 나, 조부와 누나 그리고 그녀의 아이, 이렇게 총 다섯 식구의 생활이 시작되었다. 그리고 큰 개가 한 마리 있었다. 문 앞에 누군가 다가오면 반드시 시끄럽게 짖어대는 훌륭한 개였다.

낮에는 카릴과 그의 누나와 함께 쇼핑을 하러 나갔다. 낯선 곳인지라 길을 가르쳐 줄 사람이 필요했기 때문이다. 누나의 본명은 라테리시. 클럽에서는 '라트야'라는 이름으로 불렸다. 그녀와 길을 걷다보니 일본의 TV나 잡지에서 본 적이 있는 아폴로 시어터가 보이는가 하면 흑인들만 걸어다니는 도로가 보여 나는 정색을 하고 '여기가 혹시 할렘인가요?' 하고 그녀에게 물었다. 그러자 그녀는 '이제 와서 무슨 소리를 하는 거예요. 여기가 할렘이지 어디란 말이에요'라며 콧방귀를 꼈다. 나는 나도 모르는 사이 할렘에 살게 된 것이었다.

흑인들이 사는 곳에 이사온 것은 기뻤지만 이곳이 할렘임을 알자 겁부터 났다. 할렘의 치안상태가 나쁘다는 것은 잘 알고 있었기 때문이다. 나는 이곳에서 안전하게 살아갈 수 있을까. 아니 절대 안전할 리 없다. 그러고 보니 낮이고 밤이고 구급차나 경찰차의 사이렌 소리가 하루에 몇 차례씩 거리를 울리며 지나갔다. 1주일에 3번은 아파트 안이나 밖에서 총 소리와 비명소리가 들려왔다.

우리가 이사온 조부의 아파트는 매우 낡고 1층에 있는 현관문도 완전히 고장나 있었다. 창문에도 총알구멍이 군

데군데 나 있었다. 아파트 내의 벽은 낙서로 범벅이 되어 있었고 계단은 삐걱거리고 바닥은 걸을 때마다 소리가 났다. 나와 카릴이 자는 방은 두 사람이 눕기에도 비좁은 방이었다. 또한 부엌에는 항상 커다란 쥐가 나왔다. 이런 곳에서 과연 내가 살 수 있을까 정말 걱정이 되었다.

하지만 이때만 해도 카릴과 함께 산다는 기쁨이 앞서 그런 정도는 극복할 수 있을 것이라 생각했다.

토플리스 클럽에도 계속 나갔다. 오후 4시에 집을 나와 전철을 타고 6시쯤에 가게에 도착한다. 그리고 새벽 4시까지 춤을 춘 뒤 다시 전철을 타고 6시에 집으로 돌아오는 나날. 익숙지 않는 일에 몸은 지치고 집에 돌아와도 스트레스가 쌓였다.

이런 나의 고충은 무시라도 하듯 카릴은 가라오케 기계를 사자며 나를 졸라댔다. 그 가라오케 기계는 할렘의 어느 전자제품 가게에서 800달러에 팔고 있었다. 토플리스 클럽의 하루 벌이는 싼 날에 80달러, 랩댄스 등의 지명이 많은 날이라 해도 200달러밖에 벌지 못하므로 나는 가라오케 기계가 우리에게 사치라고 생각했다.

어느 추운 밤, 나는 할렘의 거리에서 공중전화를 찾아 걸고 있었다. 일본에 계신 어머니에게 결혼한 사실을 아직 전하지 못했기 때문이다. 동전을 넣고 번호를 누를 때는 가슴이 두근거렸다. 추위 때문만은 아니었다. 어머니는 내 이야기를 끝까지 들은 다음 열심히 살라는 단 한 마디 말

씀을 해주셨다.

카릴은 여전히 일을 할 의향이 없는 것 같더니 끝내는 학교에 간다는 말을 했다. 왜 내가 버는 돈이 전부 생활비 인가. 카릴이 일을 하기만을 기다렸던 나는 그의 말에 어 이가 없어 소리를 질렀다. 일도 하지 않고 돈만 뜯어 가는 주제에 학교에 가고 싶다니 나는 절대 반대야. 그랬더니 카릴은 '내가 HIV보균자라는 사실을 잊었어? 아무도 나 를 써주지 않는다고' 하며 오히려 큰소리를 쳤다.

그렇다면 왜 학교에 가려는 거야, 하고 내가 물었더니 '학교에 가서 자격증을 따고 기술을 익히면 직장을 구할 수 있으니까' 하고 말했다. 하지만 미국사회에서도 HIV보 균자나 에이즈 환자라 할지라도 일할 마음만 있으면 얼마 든지 일을 할 수 있다는 것을 알고 있었기에 그의 말을 받아들이기 어려웠다. 카릴은 그저 게으름뱅이거나 아니 면 기둥서방인가. 그렇지 않으면 거짓말쟁이인가. 내가 카 릴의 정체를 간파하는 데는 시간이 걸릴 듯했다.

시간이 지나도 토플리스 댄서 일은 전혀 편해지지 않았 다. 밤새 춤을 출 때마다 다리의 근육이 아팠다. 그러니 힘들게 번 돈을 간단히 카릴에게 주고 싶지 않았다. 나는 그가 나를 가엾게 여겨 직업을 갖기만을 바랐다.

카릴의 누나 라테리시의 친구이자 우리와 같은 아파트 에 사는 사람에게 카릴에 관해 상담해 보았다. 그러자 그 녀는 이렇게 말했다. '그는 당신을 사랑하지 않아. 돈이 목적이야. 살해당하기 전에 빨리 일본으로 돌아가는 게 좋을 거야. 그리고 말이야. 카릴은 당신 외에도 여자가 둘이나 있고 아이도 있어.'

라테리시도 그녀가 하는 말에 고개를 끄덕이며 '언니로서 충고하는데 카릴은 정말 위험인물이야. 너희 둘은 절대 행복할 수 없어. 이대로 가면 네 은행 구좌에 돈이 남아나질 않을 거야. 그리고 은행의 잔고가 제로가 될 때 카릴은 너를 버릴 거야. 무엇보다 카릴은 갱단의 일원이라 모두가 그를 두려워하고 있어' 하고 말했다.

놀라지 않을 수 없었다. 그의 누나까지 이런 말을 할 줄이야. 그런데 나 외에도 달리 여자와 그의 아이가 있다니……게다가 카릴이 갱단의 일원이라니 믿을 수가 없었다.

한숨 속의 신혼생활

'지금 행복해요? 일본이 그립지 않나요.
빨리 일본에 돌아가는 게 나을 거예요.
모두들 카릴을 두려워하고 있으니까' 하는 것이었다.

카릴의 누나와 친구들이 내게 살해당하기 전에 일본에 돌아가는 게 좋을 거라는 데에는 이유가 있었다. 카릴은 범죄 전과가 여러 개 있었는데 어렸을 때 사람을 죽인 적도 있다는 것이다.

얼마 후 카릴이 집으로 돌아왔다. 여느 때와 마찬가지로 얼굴에 웃음을 띠운 채. 그의 그런 표정을 보고 있으면 그가 살인자에 위험인물이라는 말이 상상이 가지 않았다. 그리고 그는 정말 내게서 돈이나 뜯으려는 기둥서방일까. 마음을 단단히 먹고 그에게 물어보자 그는 웃음을 터트리며 자기도 돈을 가지고 있다며 내게 무언가를 보여주었다.

카릴이 가지고 있던 것은 지금까지 본 적이 없는 티켓

이었는데 그것은 정부가 밥을 굶고 있는 사람들을 위해 2주에 한번 지급하는 '푸드 스탬프'라는 식권이었다. 카릴이 그때 120달러치의 식권을 가지고 있었던 것으로 기억한다. 나는 당시 할렘에서도 푸드 스탬프를 사용할 때는 용기가 필요하다는 사실을 전혀 알지 못했다. 푸드 스탬프로 식사를 하면 거지로 놀림을 받는 것도 몰랐다.

어느 날 할렘의 맥도널드에서 푸드 스탬프를 사용하려 했다가 점원에게 쫓겨날 뻔한 적이 있었다. 푸드 스탬프는 정부에서 지정한 음식점 이외에는 사용할 수 없는 것이었다. 당황한 나는 가지고 있던 현금으로 돈을 지불했다. 지금 생각하면 웃음이 나오지만 그때 나는 부끄럽고 비참해서 죽고 싶기만 했다.

카릴의 누나와 그녀의 친구로부터 카릴에 관한 좋지 않은 이야기를 전해 들은 다음 날이었다.

나는 카릴의 어머니를 찾아가 보기로 했다. 할렘의 거리를 20분 정도 걸어가자 그녀가 사는 아파트가 있었다. 주변과 비교해서 카릴의 어머니 집은 아주 화려하고 깨끗한 아파트였다. 그리고 정원도 있었고 24시간 경비가 지키면서 아파트를 방문하는 사람들에게 기록장에 기입하도록 했다. 천장에는 감시용 비디오 카메라도 설치되어 있었다. 할렘에 세워진 수많은 아파트 중에서 가장 고급 아파트인 것 같았다.

카릴의 어머니를 만났다. 그녀는 덩치가 아주 컸다. 우리의 결혼을 축하한다고 말은 해주었지만 눈은 슬픈 표정을 짓고 있었다. 카릴의 어머니와 단 둘이 방에 남겨졌을 때 그녀가 종이에 써서 내게 보여준 말이 마음에 걸렸다. '지금 행복해요? 일본이 그립지 않나요. 빨리 일본에 돌아가는 게 나을 거예요. 모두들 카릴을 두려워하고 있으니까' 하는 것이었다. 그녀는 보안회사의 중역으로 카릴의 형들도 어머니가 일하는 회사에서 아르바이트를 한 적이 있다고 했다. 사회적 지위가 있는 그의 어머니가 자신의 아들에 대해 갓 결혼한 며느리에게 슬픈 표정을 하고, 이야기를 하는 것이다. 나는 점점 두려웠다. 그렇게 카릴이 위험한 인물일까 하고.

그의 어머니가 24시간 보호를 받는 고급 아파트에 살면서 카릴을 피하는 이유를 알게 된 것은 그가 자신의 어머니에 대해 이야기했을 때였다.

'나는 어머니가 바람을 피워 낳은 자식이다. 그런 나를 어머니는 버리려 했다. 나를 구해준 사람이 할아버지이고, 내 출생신고서의 보호자란에는 조부모의 이름이 쓰여 있다. 어릴 적 어머니는 나를 감싸주지 않았다. 나는 그런 어머니가 죽도록 미웠다. 어머니가 집을 비울 때는 어머니 집에 숨어들어가 가구를 전부 팔아 버리기도 했다. 누나가 어떤 미친놈에게 성폭행을 당해 내가 그 놈을 칼로 찔러 죽였을 때도 어머니는 한 번도 나를 보러 감옥에 오지 않았다. 게다가 어머니는 나를 정신병원에 보내 정신감정까지 받게 했다. 나는 그 덕택에 5년이나 소년원에서 살아야 했다. 석방된 후에 나는 사람의 말을 믿지 않는 인간이 되었다. 할아버지와도 다투어서 쫓겨나고 말았다. 어디에 가야 하는지도 몰랐던 나는 어쩔 수 없이 갱단에 들어갔다.'

처음으로 카릴의 소년시절의 비밀을 들은 나는 그가 불쌍하게 여겨지면서 지금까지의 일을 이해할 수 있을 것 같았다. 그는 태어나서 엄마의 사랑도 제대로 받지 못하고 자라났기에 이렇게 비뚤어진 사람이 되었구나 하고.

하지만 그건 그렇다 하더라도 카릴에게 여자와 아이가 있다는 말은 사실일까. 나는 내친 김에 그것도 물어보았다. 그러자 카릴은 지금은 한 명의 여자와 아이밖에 없다. 그리고 그녀와는 완전히 헤어졌다. 아이는 가끔 보러 가기도 한다. 다른 여자와 아이는 살해당했다고 말했다.

살해당한 여자와 아이는 카릴이 마약밀매를 하다 다른 갱단에게 살해당했다고 했다. 카릴이 헤로인과 코카인을 팔다 일이 잘못되어 그가 살해되는 대신 그 여자와 아이가 죽임을 당한 것이었다.

나는 그에게 조직에서 빠져 나올 수 없냐고 물었다. 그러자 카릴은 자신의 조직이 얼마나 훌륭한 것인지 내게 납득시키려 들었다. 물론 그는 그만둘 마음이 전혀 없었다. 카릴이 있는 갱단은 '블러즈(BLOODS).' 의미는 '피.' 블러즈는 LA를 본거지로 그 세력을 전 미국으로 확대하여 뉴욕에도 진출해 있었다. 유명한 랩 가수들 중에도 블러즈의 멤버가 몇 명 있다고 했다.

이름에 걸맞게 붉은 스카프와 붉은 목걸이, 그리고 붉은 옷을 착용하여 자신들의 존재를 알렸다. 조직의 역사도 길어 50대 멤버도 있고 멤버 중에는 변호사, 경찰관, 탐정, 의사 등의 전문직 종사자들도 있었다. 카릴이 소년원을 나와 거리를 방황하고 있을 때 블러즈의 한 멤버가 자신을 구해 주었다고 했다. 이후 그는 마약밀매를 도우며 구역쟁탈 싸움에도 협력했다고 한다.

카릴에게 블러즈의 인사법을 배웠다. 블러즈의 멤버와 만날 때는 반드시 해야 하는 인사로 블러즈에 대한 경의를 표하는 것이라고 했다. 검지와 엄지로 'OK마크'를 만들고 나머지 손가락은 세운다. 이 형태가 블러즈의 'b'처럼 보인다 하여 만들어진 것. 오른손을 상대의 오른손 'OK마크'의 O 위치에 놓고 세우고 있던 나머지 세 손가락도 겹치도록 한다. 그리고 나서 그 'OK마크'를 왼쪽 가슴에 가져와 O를 밑으로 했다 되돌리면서 '블러즈 오 써티원(O31)'이라고 동시에 외친다. O31이라는 암호를 모르면 첩자가 된다.

갱단에서 일한다 해도 행복해질 수 있다면 카릴이 그 일을 계속하는데 반대하지 않기로 했다. 나는 그가 돈을 얼마 벌지 못하더라도 일을 하기를 원했다. 그런데 카릴은 전혀 일할 생각도 없이 그저 매일 가라오케 기계를 거리로 끌고 나가서는 랩만 불렀다.

그의 손에 이끌려 맨해튼의 브로드웨이에 있는 게임센터에서 블러즈의 멤버들과 함께 논 적도 있었다. 내가 일하는 토플리스 클럽 '모델'에도 블러즈의 멤버가 있어 내가 하루에 얼마를 버는지도 감시하고 있는 모양이었다. 왜냐하면 클럽에서 일을 하고 집으로 돌아가면 카릴이 '오늘은 지명이 많아서 돈을 많이 벌었다면서'하며 내게 돈을 요구했기 때문이다.

 매일같이 내가 힘들여 번 돈이 물 새듯 빠져 나갔다. 먹을 것을 사든가 필수품을 산다면 이해가 되지만 나이키 운동화나 CD플레이어 등을 사는 데 그는 돈을 낭비했다. 애완동물을 기른다며 뱀을 사와서 기르기도 했다. 나는 내가 벌어온 돈을 그가 써 버릴 때마다 한숨밖에 나오지 않았다.

일본에 돌아가면 넌 죽을 줄 알아

그럼에도 나는 카릴이 좋았다. 카릴의 따뜻한 표정과
달콤한 말이 그리웠다. 그 모습을 한 번 더 보고 싶어
그를 용서하고 만다. 그런 나날이 계속되었다.

어느 날 카릴에게 지칠 만큼 지친 나는 우리의 결혼은
잘못된 거였다며 이제 그만 일본에 돌아가야겠다고 짐을
챙겼다. 옷장에서 옷을 꺼내 가방에 넣고 있는데 침대에
걸터앉아 있던 카릴이 내 가방을 바닥에 집어던지고는 만
일 내가 일본에 돌아가면 그 전에 나를 죽이겠다고 소리
쳤다. 그리고는 내 멱살을 잡고 인정사정 없이 때렸다. 여
태껏 싸움이라고는 해도 그저 말다툼이 다였기에 돌변한
그의 태도에 할 말을 잃었다. 그에게 얼굴을 세게 얻어맞
은 나는 분한 마음에 그의 얼굴에 펀치를 날렸다.

그러자 카릴은 부엌으로 가더니 칼을 들고 와서 내게
휘두르는 것이 아닌가. 이에 화가 난 나는 그에게 소리를

질렀다. '죽일 테면 죽여라. 어차피 에이즈에 걸려 죽는 거나 지금 죽는 거나 무슨 차이가 있어! 죽여라, 죽여.'

말은 그렇게 했어도 역시 죽고 싶지는 않았다. 불현듯 부모님과 나를 아껴준 사람들의 얼굴이 차례차례 떠올랐다. 다행히 카릴의 할아버지가 그를 막았다. 일단 화는 면했다고 안심하고 있는 내게 그가 말했다. '네가 나에게서 떠날 수 있을 거라고 생각해? 어디로 도망가든 블러즈가 너를 찾아내서 죽일 거야.' 이 말을 듣고 카릴이 위험인물이라는 말의 의미를 몸서리치도록 깨달았다.

그러나 시간이 지나면 평소의 카릴로 돌아와, 너를 잃는 게 두려웠다며 내게 용서를 구했다. 나는 어떻게 해야 좋을지 갈피를 잡을 수 없었다. 한밤중에 둘이서 브로드웨이를 롤러스케이트를 타고 달리던 기억이나 카릴의 노래에 가슴이 떨리던 기억들만 떠오르는 것이었다. 그의 웃는 얼굴도. 어쩌면 그렇게 다를 수 있는지 알 수가 없었다. 나는 어찌할 도리 없이 침대 속에 파고들어 눈물만 흘렸다. 이런 일은 처음 겪은 터라 그저 앞으로는 이런 일이 일어나지 않기만을 기도했다.

카릴은 이슬람교도이다. 소년원에 들어갔을 때 이슬람교에 빠졌다고 한다.

결혼 전부터 나는 결혼해도 어떤 종교도 믿지 않을 것이라고 했건만 그는 결혼했으니 자기와 같은 이슬람을 믿어야 한다고 강요했다. 그러면서 돼지고기는 먹지 말고 자기가 금식할 때는 나도 아무것도 먹지 말아야 한다고 했다. 나중에는 한술 더 떠서 이 집주인은 자기니까 집안의 모든 물건은 다 자기 것이라고도 했다.

결국 그는 내 물건을 탐낼 뿐이었다. 그래도 나는 계속 무시했다.

이 일로 나와 카릴의 관계가 더욱 어색해졌다. 결혼 전의 그는 정말 부드러운 사람이었다. 이슬람교를 믿지 않아도 된다고 했는데.

함께 했던 식사도 어느새 따로 먹게 되었다. 나는 할렘에서 비교적 싼 중국음식을 사서 먹었다. 프라이드 치킨과 감자튀김이 단돈 3달러였다.

카릴의 할아버지 댁으로 이사온 지 1개월쯤 지났을 때, 브롱크스에 아파트를 구해 그곳에 이사가게 되었다. 하지만 그때 나는 브롱크스가 뉴욕에서 가장 치안상태가 나쁘다는 사실을 알지 못했다. 당시 나는 일본요리점이나 일본영사관이 어디에 있는지도 몰랐다.

실제 그곳으로 이사하고 보니 브롱크스의 엘리데 거리는 보기에도 위험하게 보였다.

도로에는 쓰레기가 넘쳐 났고 건물의 벽은 스프레이로 엉망이 되어 있었다. 그리고 건물은 낡고 더러웠다. 사람들은 가난해서인지 눈초리도 무서웠다. 과연 이런 곳에 이사해도 괜찮을지 고민이었다. 불만과 불안을 호소하는 나에게 카릴은 블러즈의 멤버는 아무도 건드리지 않는다며 걱정할 필요가 없다고 했다.

우리가 이사온 아파트는 매우 낡았지만 방 두 개는 꽤 넓은 데다 남향이었다. 부엌과 거실의 벽에 커다란 구멍이 뚫려 있는 것이 마음에 걸렸다. 나중에 알게 된 사실이지만 그 구멍은 우리가 이사오기 전에 이곳에 살던 사람이 총에 맞아 죽으면서 생긴 자국이라고 한다. 위층에 살던 사람이 가르쳐 주었다. 이 아파트에서 나는 9개월 가량 살다 이사했지만 우리 밑층에 살던 사람도 살해되었다는 것을 경찰관으로부터 전해 듣고 깜짝 놀랐던 것을 지금도 기억한다. 브롱크스는 이렇게도 위험한 곳이었다.

어느 날 카릴과 나는 말다툼을 하다 끝내 그가 나에게 폭력을 휘둘렀다. 내가 그의 얼굴을 치려 하자 그가 내 몸을 들어올려 벽에 내던졌다. 그리고는 양손을 뒤로 묶고는 마치 강간이라도 하듯 나를 거칠게 안았다. 그의 폭력은 날이 갈수록 심해졌다. 카릴의 폭력으로부터 내 몸은 내가 지켜야겠다고 결심했다. 나는 일본에 있을 때부터 맞는 데는 이력이 난 사람이지만 그래도 아픔은 참기 어려운 것이었다.

어느새 나는 블러즈의 멤버들로부터 '블러디 차이나'라는 이름으로 불리고 있었다. 카릴은 '헤로인', '레드 독'이라는 이름으로 블러즈에서 활동했다.

카릴에 대한 나의 사랑은 변함이 없었지만 이전과 같은 설렘과 따스함은 더 이상 느끼지 못했다. 나는 점점 웃음을 잃고 매일 반복되는 폭력에 표정이 굳어져 갔다. 농담도 하지 않았고 웃는 일도 좀처럼 없었다.

바퀴벌레와 쥐가 들끓는 방에서 나는 매일 3개에 1달러 하는 컵라면을 먹었다. 하지만 배를 곯고 매를 맞으면서도 결혼한 것을 후회하고 싶지는 않았다. 행복해지고 싶다는 희망을 버리지 않고 지금의 고통을 참으려 했다.

나는 온 얼굴이 멍이 들고 부어 올라도 '모델'에서 춤을 추는 일을 쉬지 않았다. 하지만 다리에 커다란 멍이 든 날에는 파운데이션을 아무리 발라도 숨길 수가 없었다. 가게의 주인이 걱정스런 눈빛으로 누구에게 맞았는지 물었다. 그 범인이 남편임을 알게 된 주인은 카릴에게 내가 가게의 중요한 댄서니까 제발 몸에는 멍을 들이지 말라고 부드럽게 주의를 주었다. 그러자 카릴은 내 여자를 내 마음대로 하는데 무슨 상관이냐며 블러즈의 멤버를 이끌고 가게에 쳐들어왔다.

하마터면 주인이 소속한 갱단 '주울'과 한바탕 싸움을 벌일 뻔했다. 덕분에 나는 '모델'을 그만두어야 했다. 나는 일자리를 잃고 어디에서 일해야 할지 까마득했다.

이곳에서는 언제 어디에서 싸움이 일어나 죽게 될지 모르는 일이었다. 그래서 브롱크스에 살면서부터 나는 외출할 때 반드시 칼과 눈에 뿌릴 스프레이를 지니고 다녔다. 할렘에 살 때 손에 넣은 권총을 옷 속에 숨기고 다닐 때도 있었다.

우리 아파트에는 '라틴 킹'이라는 갱단도 살고 있었다. 그들은 중남미계의 집단으로 푸에르 토리코인이 많이 사는 브롱크스에서는 상당한 세력을 가지고 있었다. 항상 황색 스카프를 했다. 그런데 이 조직과 카릴이 소속된 '블러즈'는 사이가 좋지 않았다. 게다가 항상 푸른 스카프를 한 '클립스'라는 '블러즈'와 그 세력이 엇비슷한 거대한 갱단도 있어 언제 어디서 싸움이 일어날지 알 수가 없었다.

나도 모르게 갱단의 일원이 되어 버렸지만 영화에서 흔히 보듯 멋있는 것도 없었고 든든하지도 않았다. 언제나 나는 목숨을 내놓고 사는 것 같았다.

그렇다면 조직에서 탈퇴하면 되지 않느냐고 누구나 생각할 것이다. 나도 그러고 싶었다. 하지만 카릴이 절대 용납하지 않았다. 만일 조직을 벗어나려 하면 죽음을 면치 못할 것이라고 협박했다. 왜냐하면 내가 '블러즈'의 내부 사정이나 비밀을 잘 알고 있었기 때문에 경찰이나 누군가에게 비밀을 누설할 우려가 있다고 여겨졌기 때문이다.

카릴은 내게 블러즈를 싫어하는 조직에는 얼씬도 하지 말라고 충고했다. 그렇지 않으면 유괴되거나 살해당할지 모른다는 것이었다. 하지만 사실 나는 카릴에게 생활비를 벌어주는 유일한 존재이니까 나를 잃고 싶지 않아서였을 것이다.

우연히 맨해튼의 게임센터에서 카릴을 싫어하는 조직의 멤버들과 마주친 적이 있었다. 나는 속으로 이젠 죽었구나, 하며 눈을 질끈 감았는데 오히려 그들은 내가 카릴에게 맞아 멍투성이가 되어 있는 것을 보고는 카릴을 꼭 죽여준다고 했다. 내심 그렇게 해주었으면 하고 바라는 마음도 있었지만 한편으로는 그가 죽는 모습을 보기가 두려웠다.

카릴이 갱단의 일원이며 또한 살인 전과가 있다는 사실을 알고는 그와 깊이 이야기를 나눈 적이 있었다. 나는 인간은 바뀌고자 마음만 먹으면 얼마든지 바뀔 수 있다고 믿었기에 조직에서 탈퇴할 수 없다고는 해도 두 번 다시 범죄는 저지르지 않는다는 약속을 그가 해주길 기대했다. 하지만 그것은 나만의 착각이었다.

결혼 전 YMCA에서 만일 내가 일본으로 돌아가면 자살한다며 눈물을 흘리던 카릴을 보고 항공권을 찢어 버린 것을 떠올렸다. 그와의 결혼을 너무 서두른 것일까. 할렘에 살 때 아파트에 살던 사람이 말했듯이 카릴은 단지 내게서 돈을 뜯어내기 위해 나와 결혼한 것일까. 그의 누나 라테리시마저도 같은 말을 했다. 그녀의 말을 믿는 편이 옳을지 모른다. 죽도록 얻어맞고 돈만 뺏기는 것이 사실이니까. 카릴은 일하지 않고 놀기만 했다.

그럼에도 나는 카릴이 좋았다. 카릴의 따뜻한 표정과 달콤한 말이 그리웠다. 그 모습을 한 번 더 보고 싶어 그를 용서하고 만다. 그런 나날이 계속되었다.

정신병원에 가다

카릴과 같은 남자를 선택한 것은 다른 사람도 아닌 바로 나이다.
나는 정말 남자를 보는 눈이 없는 여자다.

어느 날 카릴의 형과 그의 여자친구가 우리 집으로 놀러왔다. 그때 나는 '클럽44'라는 토플리스 바에서 일하기 시작했을 무렵이다. 늦어도 저녁 7시까지 그곳에 가지 않으면 춤을 출 수 없는 상황이었다. 내가 외출하려 하자 카릴이 오늘은 집에 있으라고 했다. 가진 돈 하나 없는 상태에서 이 남자가 무슨 소리를 하나 싶어 '당장 내일 먹을 것도 없잖아. 정말 돈이 한 푼도 없단 말이야' 하며 밖으로 나가려고 했다. 그러자 카릴이 버럭 화를 내며 '네 마음대로 하지 마. 오늘은 형이 우리 집에 놀러왔는데 어딜 간다는 거야' 했다.

다음 순간 덮쳐 오는 카릴의 폭력에 필사적으로 저항했

지만 양팔을 등뒤로 묶인 채 바닥에 눌려져 꼼짝할 수가 없었다. 그리고는 마치 유도라도 하듯 나를 던져 버렸다. 아픔을 참지 못하고 비명을 지르자 그는 발로 내 얼굴을 차고 주먹으로 때렸다. 하지만 그의 형과 여자친구는 부엌에 있으면서도 우리의 싸움을 막으려고도 하지 않았다. 보면서도 모르는 체 하는 것이었다.

시끄럽다며 카릴이 내 머리를 소파에 처박아 숨을 쉴 수 없었다. 나는 안간힘을 다해 저항했다. 소파에서 조금만 고개를 들 수 있으면 또 비명을 질렀다. 옆집 사람이 비명소리를 듣고는 경찰에 신고했다.

여러 명의 경찰관이 집으로 왔다. 그 중 반은 흑인이었다. 카릴이 나를 소파에 밀어붙이고 있는 장면을 경찰관들이 보았으므로 훨씬 내가 유리한 입장이었다. 하지만 카릴은 아내가 창문에서 뛰어내려 자살하려고 해서 자신이 붙잡았다며 거짓말을 했다. 그는 내가 정신이 이상한 여자라고 경찰관에게 설명하는 것이었다.

내 얼굴은 눈 부위와 볼이 부어 오른 데다 눈물과 피로 범벅이 되어 있었다. 사람의 얼굴이 아니었을 것이다. 구급차가 와서 나를 실어갔다. 바닥에 내동댕이쳐지는 바람에 등뼈가 아파 걸을 수도 없었고 카릴이 나를 정신감정하기 위해 병원에 보낸다고 우겨서 나는 정말 정신병원으로 보내졌다.

나는 미치지 않았어! 머리가 이상하지 않단 말이야! 왜 내가 정신병원에 입원해야 되냐며 몇 번이나 외쳤으나 소용없었다.

경찰관 중 한 명이 구급차에 타서 병원까지 따라왔다. 그 경찰관에게 카릴이 내게 한 짓을 상세히 설명했다. 더이상 참을 수 없는 한계 상황에 이르렀다고 판단했기 때문이다. 나는 그에게 맞아 멍한 머리를 필사적으로 굴리면서 카릴이 얼마나 위험인물인가를 글로 써서 경찰관에게 호소했다. 카릴에게 맞아서 생긴 멍을 보이기도 하고 이전에 일했던 토플리스 클럽 '모델'에서 블러즈와 주울이 총싸움을 벌일 뻔한 사건도 이야기했다. 그 뒤 경찰은 카릴의 신원을 확인한 후 마침내 그를 체포했다.

폭력과 학대를 받은 탓에 나의 몸과 마음은 완전히 지쳐 있었다. 걸을 수도 없어 밤만 되면 줄곧 눈물만 흘렸다. 뉴욕에 와서 정신병원까지 들어와야 하다니.

일본에 있을 때 나는 열심히 일하면서 클럽에서 기분 좋게 술에 취하기도 하고 맛있는 음식을 먹으며 친구와 즐겁게 지내면서 행복하고 자유롭게 살았었다. 하지만 그런 나는 이곳에 없었다. 나는 전혀 딴 사람이 되고 말았다. 항상 흠칫흠칫 놀라고 두려움에 떨면서도 그것을 남들에게는 숨기려고 억지로 강한 척 행동했지만 이제 더 이상 예전과 같은 '진정한 강인함'은 찾아볼 수 없게 되었다.

정신감정을 하는 의사선생님과 면담을 했다.

내가 정신병원에 보내진 이유를 자살하려 했기 때문이라고 알고 있는 의사에게 열심히 설명했다. 자살하려고 한 것이 아니었다고만 말하면 믿어주지 않을 것 같아 내가 그 동안 어떤 생활을 해왔는지 또한 카릴이 내게 어떤 짓을 했는지에 대해 말했다. 나는 정신이상이 아니라고. 의사는 내게 학력과 직업은 물론 어떤 책을 즐겨 읽는지, 어떤 가정에서 자라났는지도 물었다.

정신병원에 온 지 2일째 되던 날. 카릴이 친구와 함께 병원에 왔다. 하지만 카릴은 가해자이므로 나와 만나는 것이 허락되지 않았다. 형사재판이 끝날 때까지 카릴은 나와 만나지 못하게 되어 있었다. 미국에서는 법원이 피해자를 보호하기 위해 '보호명령'이라는 것을 내리기 때문이다.

구급차에 실려와서 정신병원에 입원하고 정신감정을 받고 재판을 받고 내게 이런 일이 있으리라고 상상해 본 적도 없었다. 그리고 이런 일들이 내게 유리한 것인지 불리한 것인지도 확실히 알 수 없었다.

카릴이 내 앞으로 편지를 보내왔다. 편지에는 미안하다는 말만 줄줄이 쓰여 있었다. 정신병원에 보낸 것과 폭력을 휘두른 것을 반성하고 있다고. 그런 그의 편지에 조금 기운이 났다. 어제까지만 해도 일본에 돌아가는 것만 생각했는데 바보같이 카릴의 편지에 희망을 품게 되었다. 어쩌면 그와 다시 시작할 수 있을지도 모른다고.

카릴에 대한 나의 사랑은 변함없었다. 마음에 깊은 상처를 입고 온몸이 멍투성이가 되어도 우리의 관계를 유지하고 싶었다. 한 번의 결혼으로 행복하게 살고 있는 우리 부모님처럼 나도 그렇게 살고 싶었다. 그러면서 참고 사는 수밖에 없다고 생각했다.

내가 입원한 병실은 정신감정실로 입구의 문은 방탄유리로 만들어져 있었다. 곳곳에 방범카메라가 설치되어 있어 24시간 내내 감시되고 있었다. 모든 창문에는 감옥처럼 쇠창살이 쳐져 있고 입원환자는 모두 같은 환자복을 입고 있었다. 정신이상자나 약물중독자도 있었고 온 얼굴에 실로 꿰맨 자국이 있는 여자도 있었다.

하루의 스케줄은 학교처럼 아침부터 밤까지 빡빡하게 시간이 짜여져 있었다. 그리고 낮잠시간과 간식시간, 놀이시간(함께 농구를 하거나 물건을 만드는 지루한 시간)에는 다소 느긋하게 지낼 수 있지만 이곳 생활은 마치 유치원에 돌아온 듯한 느낌을 주었다.

나는 운이 좋았다고 생각한다. 주위 사람들은 외출이나 퇴원하기가 쉽지 않은데 나는 불과 1주일 만에 퇴원을 했으니 말이다. 의사가 나를 정신감정한 결과 아무 이상을 발견하지 못했기 때문이다. 병원의 의사는 퇴원 후에 절대 카릴이 사는 집에 돌아가서는 안 된다고 충고했지만 나는 카릴과 같이 살기로 정했다.

그리고 퇴원하는 날. 카릴과 그의 친구가 나를 데리려 온다고 해놓고는 1시간이 지나도 나타나지 않았다. 할 수 없이 혼자 병원을 나와 집까지 돌아가려 했는데 그것이 쉬운 일이 아니었다. 구급차로 병원까지 이송되었기에 어디를 어떻게 가야 집까지 갈 수 있는지 도통 알 수가 없었다. 버스 정류장을 발견하고는 흑인 여자에게 길을 물었다.

사실 나는 그때까지 뉴욕에서 버스를 탄 적이 없었다. 1달러짜리 지폐는 사용할 수 없으며 승차요금으로 동전을 넣어야 한다는 것도 이때 처음 알았다. 길을 가르쳐 준 흑인 여자는 내가 가지고 있던 지폐를 동전으로 교환해 주었다. 뉴욕에도 마음씨 좋은 사람들이 있었다.

마침내 집에 도착했다. 문 앞에 섰을 때는 가슴이 다 두근거렸다. 하지만 왜 카릴은 병원까지 나를 데리러 오지 않았을까. 문을 두드려도 나오지 않았다. 귀를 문에 바짝 갖다대고 보청기의 볼륨을 올려 방안의 소리에 귀를 기울였다. 누군가 있었다. 5분 가량 지나고 나서야 문이 열리고 카릴이 웃옷도 걸치지 않은 채 나왔다. 기쁜 얼굴로 나를 맞아준 것까지는 좋았는데 거실에 모르는 여자가 있기에 깜짝 놀랐다.

상황을 이해한 나는 병원에 오지 않은 것은 이 여자와 함께 있느라고 그랬지, 하며 카릴을 추궁했다. 그 여자는 옷을 입고는 있었지만 상당히 화가 난 모양으로 나를 무시하고 창 밖만 보고 있었다. 게다가 그 여자, 고래고래 고함을 질러대는 나에게 아무 말도 하지 않았다. 뭔가 수

상하다. 나는 이상한 점이 없나 해서 방 안을 둘러보자 침대 밑에 콘돔 상자가 숨겨져 있었다. 침대의 시트도 새것으로 바뀌어 있어 이전에 쓰던 시트를 찾아보니 옷장 안에, 아직도 따뜻한 피가 묻어 있는 시트가 들어 있는 것을 발견했다. 카릴이 딴 여자와 바람피우고 있었다는 결정적인 증거를 발견하자 분노가 끓어올랐다.

　믿을 수 없었다. 카릴이 병원으로 보내준 그 많은 편지들은 뭐였단 말인가. 나만을 사랑하고 있다고 해놓고는 어떻게 딴 여자와 이럴 수 있나. 결혼하면 절대 다른 남자와 바람피우지 않을 것이라고 마음속으로 정해 두었던 나에게는 상당한 쇼크였다.

　카릴은 시트에 묻은 피는 자기가 맞아서 피를 토한 것이라고 거짓말을 했다. 어떻게 해야 좋을지 갈피를 잡지 못하면서도 싸움만은 피하고 싶었다. 그러나 정신병원에 보내져 겨우 퇴원한 날에 이런 꼴을 보아야 한다니. 하지만 카릴과 같은 남자를 선택한 것은 다른 사람도 아닌 바로 나이다. 나는 정말 남자 보는 눈이 없는 여자다.

시체사진

정말 토할 것 같았다. 진짜 시체를 본 것은 난생 처음이라
그 사진을 본 날은 도저히 고기를 입에 넣을 수 없었다.

거실에 접는 침대가 놓여 있어 카릴에게 물어보니 그의 친구가 아파트를 찾을 때까지 이곳에서 묵게 되었다고 했다. 전에 카릴과 이 일에 대해 상의하면서 친구를 부르지 말자고 결정을 내렸는데 자기 마음대로 친구를 불러들인 것이었다. 정말 카릴은 신용할 수 없는 사람임을 다시 한 번 깨달았다.

우리 집에 묵고 있는 친구를 보았을 때 나는 이런 바보가 있나 했다. 블러즈에 들어가길 원하는 10대 커플로 감옥에서 막 출소했다고 한다. 둘 다 15, 6세 정도로 보였고 여자는 임신 8개월째인데 집에서 쫓겨났다. 그러니 둘 다 갈 곳이 없었다.

그들이 우리 아파트에 머무는 대신 1개월에 100달러를 지불하겠다고 해서 카릴이 허락했다고 한다. 하지만 나는 그들이 마음에 들지 않았다. 남자의 이름이 파쿤이었던가. 여자 이름은 잊어버렸다.

그런데 그 두 사람은 남의 집에 있으면서도 전혀 예의가 없었다. 식사를 하고 나서도 자기들이 먹은 접시도 씻지 않았다. 거기다 그 여자는 위에 셔츠 하나 달랑 걸친 상태로 집안을 돌아다녔다.

파쿤이라는 그 남자와 카릴은 함께 마약을 팔았다. 하지만 1개월이 지나도 주겠다고 약속한 방세를 주지 않자 카릴이 수차례 재촉했다. 그랬더니 그 남자는 돈은 한 푼도 내지 않고 도망을 쳐 버린 것이다. 고맙다는 말 한 마디 없이. 혼자 남은 여자도 친구에게 돈을 빌리러 다녀오겠다는 말을 남기고 집을 나간 다음 돌아오지 않았다.

여자는 자신의 짐을 잊은 채 나가 버려 얼마 후 짐을 가지러 다시 나타났다. 하지만 카릴은 절대 방으로 들어오지 못하게 했다. 여기는 내 집이야. 여기에 있는 짐을 어떻게 하든 그건 내 자유야, 하며 완강히 거부했다. 그러자 그녀는 경찰관을 데리고 와서 자기 짐을 어쩌니 저쩌니 하며 소란을 피웠다. 순간 나는 이거 큰일났다고 생각했다. 카릴은 경찰을 가장 멀리하는데 말이다.

내가 경찰관을 불러도 카릴에게 죽임을 당하고 말 텐데 나이도 어린 그 여자가 경찰을 부르고 말았다. 경찰관을 어떻게든 돌려보내고 난 뒤의 카릴의 표정은 지금도 잊혀지지 않는다. 악마와 같은 얼굴이었다. 심하게 이를 갈면서 이것들을 당장 죽여주마 했다.

그로부터 며칠 뒤에 카릴이 활짝 웃는 얼굴로 돌아와서는 내게 한 장의 폴라로이드 사진을 보였다. 그 사진은 공포 그 자체였다.

거기에는 파쿤과 그녀가 차마 볼 수 없는 처참한 모습으로 죽어 있는 모습을 찍은 사진이었다. 눈을 뜬 채 피투성이가 되어 있었다. 칼로 힘주어 벤 듯 파쿤의 목에는 깊숙하게 칼자국이 나 있었다. 그녀는 울면서 반항한 모양으로 눈물과 피, 콧물로 얼굴이 범벅이 되어 있었다. 얼굴과 눈은 퉁퉁 부었고 입 언저리부터 볼까지 칼로 찢겨 잇몸이 훤하게 보였다. 정말 토할 것 같았다. 진짜 시체를 본 것은 난생 처음이라 그 사진을 본 날은 도저히 고기를 입에 넣을 수 없었다.

카릴은 블러즈의 멤버와 그들을 찾아내어 잔인하게 죽였다고 했다. 복수하기 위해. 그것만은 하지 않기를 바랐건만. 카릴이 친구들과 함께 죽였다니 너무 잔인했다. 그리고 그는 내게도 만일 경찰을 부른다면 가만두지 않겠다고 협박했다. 당장 경찰서에 달려가고 싶은 생각뿐이었다. 하지만 증거가 될 폴라로이드 사진을 카릴이 변기에다 흘려 버렸다. 증거 없이는 경찰은 움직이지 않을 것이라 생각하고 포기했다. 하지만 그 일이 있고부터 카릴이 정말 무서워졌다.

그때부터 그와는 거의 말을 하지 않게 되었다. 타인이 같은 지붕 아래에서 함께 사는 듯한 느낌이 들어 부부 같지도 않았다. 그것도 살인자와 함께 살다니.

카릴이 체포되다

눈물이 말라 나오지 않을 때까지 실컷 울었다.
얼마나 울었는지 나 자신도 모를 만큼 울고 난 후에야
마음이 진정되었다. 그리고 이혼을 생각했다.

나는 카릴에게 3번이나 죽을 뻔했다. 팔로 목을 졸라오
지를 않나 머리에 총을 겨누기도 했고 칼로 목을 찌르려
고도 했다. 지금 생각해 보면 이렇게 살아 있는 것이 신기
하다.

첫눈에 반해 결혼한 상대에게 살해당할지 몰라 두려움에
떠는 자신이 너무나도 비참했다. 신변의 위험을 느껴 정말
그와는 헤어지는 것이 옳다고 생각했다. 이곳에서 1초라도
빨리 도망쳐 다른 남자와 살아야겠다는 생각도 했다. 하지
만 역시 그와 헤어지기에는 미련이 남아 좀처럼 결심을 하
지 못하고 있었다. 극단적인 두 감정 사이에서 갈팡질팡하
는 것이 괴로워서 눈물도 많이 흘렸다.

너무 많이 울어서 얼굴이 미워졌다. 그 옛날 귀여웠던 접대부 '효짱'은 온데간데없었다. 대신 불행으로 점철된 흉칙한 얼굴의 일본인 여자가 있었다. 카릴과의 섹스도 이전과 같은 쾌감을 느끼지 못했고 퉁퉁 부은 얼굴 때문에 섹시한 표정도 지을 수 없었다. 카릴이 밖에서 사귄 여자를 데리고 와 강제로 트리플 섹스를 시킨 적도 있었다. 그럴 때마다 나는 울며 밖으로 뛰어나갔다.

끝내 내 돈도 바닥이 나 카릴에게 줄 돈이 없었다. 그러자 카릴은 다른 여자를 꼬셔 돈을 뜯어내고 있는 것 같았다. 역시 나와 결혼한 이유는 돈 때문이었나. 그렇게 생각한 순간 속았다는 기분에 화가 치밀었다. 사랑한다는 말도 다 거짓이었다.

카릴은 그런 나는 아랑곳하지 않고 이제 나랑 자는 것도 질렸다며 포르노 잡지를 여러 권 사와서는 나를 벌거 벗겨 놓은 채로 내 앞에서 아무렇지도 않게 마스터베이션을 했다. 이런 저질 인간을 포기할 수 있으면 얼마나 좋을까.

나는 그가 이렇게 나온다면 나도 같이 바람피워 주마하고 생각했다. 멋진 남자가 어디 그뿐이겠는가. 하지만 나는 카릴과 결혼하고 너무나도 많은 상처를 입은 바람에 마음이 약해져 바람을 피울 만한 용기도 없었다. 매일 그와 싸움하고 두들겨맞으면서도 참고 살았다. 울다 지쳐 잠이 들면 다른 남자와 즐겁게 데이트하는 꿈을 꾸는 것이

카릴이 체포되다

유일한 위안이었다.

그런데 카릴은 다투고 난 후에는 아주 부드러워졌다. 자기가 때린 곳을 어루만지면서 잘못을 빌었다. 그럴 때마다 나는 어쩔 수 없이 그를 용서하고 마는 것이었다.

내 생일이 다가오고 있었다. 뉴욕에 와서 처음 맞는 생일이었다.

카릴이 특별한 이벤트를 마련해 주겠다고 해서 잔뜩 기대하면서 생일이 오기만을 손꼽아 기다렸다. 그래서 생일 전날 밤에 카릴이 잭키의 집에 가서 하룻밤 자고 와도 좋다고 말했을 때도 아무 의심을 하지 않았다.

생일 전날 밤, 하루 이르지만 잭키가 내 생일을 축하해 주었다. 생각해 보면 뉴욕에서 나를 축하해 줄 사람은 카릴과 잭키밖에 없었다. 뉴욕에 오기 전에는 많은 친구들이 내 생일에 성대하게 파티를 해주었는데 지금은 한 사람뿐. 하지만 잭키의 축하파티가 얼마나 기뻤는지 모른다.

카릴이 갑자기 잭키의 집에 갔다 오라는 바람에 갈아입을 속옷을 가지고 오는 것을 잊어서 나는 속옷을 가지러 집에 잠시 들렀다. 나는 카릴 몰래 스페어 열쇠를 가지고 있었기에 카릴이 나를 보면 깜짝 놀라겠지, 하며 집에 들어갔다. 그런데 거실에서 나는 걸음을 멈추었다. 항상 걸어두었던 내 사진이 없어진 것이다. 냉장고에도 여느 때 같으면 먹을 것이 들어 있지 않는데 오늘은 오렌지며 빵, 고기 등이 잔뜩 들어 있었다. 그리고 소파 위에는 여자의 속옷이. 나는 속옷을 손에 들었다. 그러자 아주 가는 신음 소리가 보청기를 통해 들려오는 것이 아닌가. 소리가 나는 방향으로 눈을 돌렸다. 침실이었다. 침실 문을 여는 순간, 절대 잊을 수 없는 장면을 보고 말았다. 지금까지는 카릴이 트리플 섹스를 시켜도 내가 거부하고 밖으로 뛰어나갔기에 카릴이 다른 여자와 하는 것을 보지 못했다. 그런데 하필이면 내 생일날 그것을 보고만 것이다. 가장 보고 싶지 않은 광경을 말이다.

나 외의 다른 여자와 하고 있는 그의 뒷모습과 성기를 밀어 넣고 있는 모습을 보았을 때 심장이 멈추는 것 아닌가 할 정도로 큰 충격을 받았다. 그때 나는 미쳐 날뛰었다. 칼이라도 들고 와서 둘을 찔러 죽였으면 좋았을 것을, 나는 가방에 짐을 던져 넣으면서 헤어지겠다고 부르짖었다.

늦은 밤 혼자 브로드웨이를 걸었다. 거리는 언제나처럼 요란스러웠다. 한밤중임에도 황색 택시가 속도를 내며 달리고 있었다. 여기에서 카릴과 롤라스케이트를 타며 데이트를 했었지. 게임센터에서 둘이 장난을 치며 놀았었지. 추억의 장소를 볼 때마다 카릴이 떠올랐다. 하지만 절대 보고 싶지 않은 장면을 보고 말았다. 이렇게 되면 '눈에는 눈, 이에는 이'라며 마음을 다잡았다.

하지만 이내 나는 자살을 생각했다. 이곳 브로드웨이에서 누군가에게 강간이라도 당해 죽어도 좋았다. 강도를 만나 끌려가 죽어도 좋았다. 하지만 죽기 전에 카릴을 죽이고 싶었다. 나는 기어올라올 수 없는 절망의 구렁텅이에 빠진 것 같았다.

눈물이 말라 나오지 않을 때까지 실컷 울었다. 얼마나 울었는지 나 자신도 모를 만큼 울고 난 후에야 마음이 진정되었다. 그리고 이혼을 생각했다. 그렇게 빨리 결혼해 버린 내 잘못이다. 하지만 그래도 좀처럼 결심이 서지 않았다. 어쩌면 카릴의 마음이 나에게 돌아올지도 모른다고 생각했다.

그러던 어느 날 일본에서 가구와 짐이 배편으로 보내져 왔다. 일본에 살 때 샀던 CD며 옷도 도착했다. 집에 많은 상자가 가득 쌓였다. 거기에는 카릴에게 자랑할 만한 물건들이 많았다. 그 순간만은 기분이 좋았다. 배달된 물건을 보자 카릴의 태도가 갑자기 돌변했다. 나를 상냥하게 대하는 것이었다.

그의 대조적인 변화에 나는 점점 카릴에 대한 사랑이 식어감을 느꼈다. 그런데 며칠 뒤에 카릴이 내 옷을 허락도 없이 다른 여자에게 줘 버리는 바람에 이젠 그가 어떻게 되든 상관없다고 생각하기에 이르렀다. 나도 나의 이런 마음의 변화에 놀라지 않을 수 없었다.

어느 날 카릴이 일할 만한 것을 찾았다고 했는데 가라오케에서 카릴이 부른 랩을 테이프에 녹음해서 길거리에서 판다는 것이었다. 할렘이나 브롱크스에서는 흔한 일이지만 나는 그 일에 동의했다. 그러자 그는 100달러가 필요하다며 내게서 돈을 빌려갔다. 그에 대한 마음은 식어만 갔지만 그래도 그가 자신의 손으로 일을 해서 돈을 버는 기쁨을 알았으면 했기 때문이다.

그런데 카릴이 가지고 들어온 것은 음악 테잎이 아닌 마리화나였다. 마약을 파는 것이 돈을 빨리 벌 수 있다며 밖으로 나갔다. 나는 그런 그가 바보 같아 속이 상했다.

그곳에 살면서 나는 우리 옆집에 사는 모모와 나나라는 흑인 자매에게 여러 모로 도움을 받았다. 그녀들은 내게 언제나 카릴과 이혼하고 나를 공주처럼 모셔주는 남자를 찾으라고 진심으로 걱정해 주었다. 그들의 말에 귀를 기울이게 된 것도 이때부터였다. 아파트에 사는 다른 사람들도 카릴을 감옥에 보내 버리면 아파트에서 혼자 살 수도 있고 다른 남자도 사귈 수 있다고 충고해 주었다. 이혼하는 방법도 가르쳐 주면서 결혼 1년 이내에 별거하면 간단히 이혼할 수 있다고도 했다.

지금까지 내게 카릴이 한 짓을 하나하나 떠올려 보았다. 돈이 없어 굶고 있는 나는 본체만체하면서 그는 자기가 번 돈을 내게 주지 않았다. 우리는 식사를 각자 먹어서 카릴은 자기가 먹을 것만 사와서 혼자 먹었다. 도저히 배고픔을 참지 못할 때는 소금을 핥고는 물을 배부르게 마셨다. 그러면서 나는 일하러 갈 수 없을 정도로 몸이 쇠약해졌다. 내가 병이 들어 앓아 누워도 카릴은 아랑곳하지 않

카릴이 체포되다

았다.

좋은 기억보다 나쁘고 괴로운 기억이 더 많았다. 여태껏 아무리 힘들고 어려운 일을 당해도 결혼은 참아야 하는 것이라며 견뎌왔다. 하지만 이제 이걸로 끝이라고 생각했다. 그 동안 나는 정말 잘 견뎌왔으니까.

언제라도 이혼할 수 있다고 생각하자 카릴의 행동에도 좀처럼 동요하지 않았다. 돌변한 내 모습에 카릴이 당황한 것도 무리가 없었을 것이다. 이제 울지 않고 모든 일을 냉철하게 판단하고 흘려 넘기게 되었다. 카릴에게 사랑의 말을 하지도 않았고 그에게 잘 보이기 위해 예쁘게 치장하지도 않았다. 그러자 거리를 걸어가는 뭇 남성들에게 신경이 쓰이게 되었다.

내가 다른 남자를 생각하다니 얼마 전까지만 해도 상상조차 할 수 없는 일이었다. 하지만 지금은 다르다. 다른 남자가 매력적으로 보였다. 카릴을 보는 눈도 바뀌어 말라비틀어진 바보나 돈 없는 기둥서방 정도로 보였다. 그리고 그와 다툴 때마다 나는 기회를 포착해 카릴을 죽이려 했다. 너 같은 놈은 죽어 버려, 하며 권총을 겨누기도 하고 식칼도 휘둘렀고 그의 몸을 세게 물어뜯기도 했다.

카릴은 강하게 저항하는 나를 이번에는 아파트에서 내쫓으려 했다. 내가 갈 곳이 없다는 것을 알고 그러는 카릴이 죽이고 싶도록 미웠다. 나는 다른 계획을 짜기 시작했다. 이토록 사람을 미워하기란 처음이었다.

카릴은 질투심이 누구보다 강했다. 전에도 내가 트로이와 찍은 사진을 보고 찢어 버리는가 하면 토플리스 클럽에서 받은 유명 랩퍼의 전화번호가 쓰인 메모지를 보고는 미친 듯이 화를 냈다. 그런 카릴에게 내가 다른 남자와 하고 있는 장면을 보여주면 얼마나 기분이 좋을까 생각했다. 내가 생일날 보았던 것같이 다른 남자 품에 안겨 참을 수 없다는 듯 커다란 신음소리를 내는 모습을 그에게 보여주고 싶었다.

잭키와 나이트클럽에 갔다. 좋은 남자를 고르기 위해. 나이트클럽에 가는 것도 참으로 오랜만이었다. 바닥을 타고 온몸에 전해지는 음악소리에 맞춰 몸을 흔들었다. 술도 실컷 마시고 귀여운 남자와 춤을 췄다. 이것이야말로 천국이라고 생각했다.

남자를 데리고 가서 그에게 복수하려 했는데 뜻밖의 사건으로 계획이 틀어지고 말았다. 클럽의 보안 책임자가 집요하게 나를 유혹해 와서 결국 VIP룸에서 그 남자와 하고 말았던 것이다. 간만의 섹스로 몸이 뜨겁게 불타올랐다. 그가 나를 한 명의 여성으로 봐준 것이 무엇보다 기뻤다. 비록 하룻밤의 불장난이라 해도 결혼 이후 다른 남자와 섹스한 적은 없었기에 이것으로 카릴에 대한 복수를 했다고 생각하자 통쾌했다.

물론 이것으로 그에 대한 복수가 끝난 것은 아니다. 그가 내게 한 짓을 생각하면서 복수의 칼날을 갈았다. 클럽

카릴이 체포되다

에서 논 뒤에는 잭키의 집으로 갔다. 카릴이 있는 곳으로 돌아가지 않았다. 잭키의 전화에는 카릴이 빨리 돌아오라는 메시지를 남겼지만 무시하고 잤다.

낮에 잭키가 나를 다급히 깨웠다. 카릴이 무시무시한 말을 전화에 남긴 모양으로 그녀도 상당히 겁을 내고 있었다. 들어보았더니 만일 내가 집으로 돌아오지 않으면 자신이 직접 이곳까지 와서 나를 끌고 간다고 고함을 질렀다. 어떻게 할까 잠시 고민했다. 그가 역겹게 느껴지면서 더 이상 그런 생활은 하고 싶지 않았기에 돌아가지 않기로 했다.

계속 무시하고 있자 또 전화가 걸려와서 1시까지 돌아오지 않으면 여기로 와서 내 머리카락을 끌고서라도 데리고 간다고 고함을 질렀다. 10분도 지나지 않아 이번에는 권총을 들고 잭키의 집으로 온다며 내가 나오지 않으면 문을 완전히 박살내 버리겠다는 것이 아닌가.

이때 나는 마음속으로 결심했다. 카릴과 완전히 이혼할 것을.

그리고 이 남자가 농담으로 그런 말을 한 것이 아니라는 것도 알았다. 카릴은 이제 곧 이곳에 들이닥칠 것이다. 정말 총을 들고 올 것이다. 하지만 당장 경찰에 전화하면 된다고 생각했다. 앞으로도 계속 그와 같이 살고 싶지 않았다.

카릴이 잭키의 문 앞에 서 있다. 잭키도 한쪽에서 떨고 있었다. 하지만 나는 그 순간에도 경찰에 전화해야 할지 망설이고 있었다. 빨리 결단을 내리지 않으면 안 된다는 것도 알고 있었다. 그러나 카릴이 내게 보여준 파쿤과 여자친구의 시체 사진이 떠올랐다. 그러는 사이에 카릴이 발로 문을 찼다. 용기를 내어 경찰에 전화를……

지금 생각하면 왜 그때 좀더 빨리 경찰에 전화하지 않았나 후회가 된다.

결국 카릴은 출동한 경찰관에게 권총 불법소지 용의와 그 외 몇 가지 혐의로 체포되었다. 나와 잭키는 법정에 출두했다. 검찰과 갱단의 범죄에 정통한 경찰관과 상담하여 정식으로 '보호명령서'를 발급받았다. 그러나 이 명령서를 받는다 해도 완전히 안심할 수 있는 것은 아니라고 했다. 몇 명의 여성은 오히려 상대의 원한을 사서 살해되었다고 했다. 그러나 보호명령서가 발행되면 재판에서 정해진 4년 간은, 카릴은 나를 찾아서도 만나서도 안 된다. 전화나 편지도 법률상으로 금지되어 있었다. 법률상으로 제재를 받는다고 해서 카릴이 그것을 따를지는 의문이었지만 말이다.

경찰관은 카릴이 언제 어디에서 나를 죽이러 올지 알 수 없다며 충고해 주었다. 그리고 다음 사항을 반드시 지키라고 했다. 둘의 추억이 깃든 장소에는 가지 말 것, 카릴과 함께 간 적이 있는 곳에도 가지 말 것, 카릴의 가족과도 만나지 말 것, 카릴의 친구나 블러즈의 멤버와도 일체 만나지 말 것, 지금 살고 있는 아파트에서 한시라도 빨리 이사할 것 등.

경찰관의 설명과 심문이 끝나고 나는 잭키의 집으로 돌아갔다.

잭키는 하루 종일 경찰에 시달려서 피곤에 지친 나를 생각해 그날 밤은 자기집에서 묵으라고 했다.

그날 밤늦게 잭키의 집으로 전화가 걸려왔다. 우리 옆집에 사는 흑인 여성 모모였다.

"큰일 났어. 카릴의 형이 지금 집 앞에 와서 너네 집 문을 부수고 안으로 들어가려고 해. 그러니 빨리 돌아와."

모모의 절박한 목소리에 놀란 나는 잭키와 함께 맨해튼에서 한밤중에 지하철을 타고 1시간 반 걸려 브롱크스에 도착했다.

우리가 도착했을 때 문은 이미 엉망으로 부셔져 있었다. 문고리도 빠져 있었다. 모모가 '그가 몇 번이고 몸을 날리더니 문이 이 모양이 되었어'하며 가르쳐 주었다. 그 광경을 상상하자 몸이 후들후들 떨렸다.

방 안에 들어가자 카릴의 형이 있었다.

"내 동생이 감옥에 들어갔다고? 네가 경찰을 불렀지?"

그의 분노가 폭발한 듯했다. 이러다 죽을지도 모르겠다는 위협을 느끼면서도 나는 그것을 절대 표정에 드러내지 않았다. 오히려 부드러운 얼굴로 그를 달래듯 말했다. "내

탓이 아니라 잭키의 아파트에 사는 누군가가 경찰을 불렀다구요. 경찰은 원래 흑인들을 싫어하잖아요. 그래서 카릴이 끌려간 거예요"하며 나는 입에서 나오는 대로 거짓말을 늘어놓았다.

그리고 나서 아파트의 문이 왜 이 지경이 되었는지 시치미를 뚝 떼고 그에게 물었다. 그러자 그는 말했다. "이것도 경찰들이 한 짓이야. 내가 여기에 도착했을 때는 이미 문이 부서져 있었다구."

너도 빤한 거짓말을 하는구나 생각했지만 물론 그것을 입밖에 내지는 않았다.

그의 분노가 어느 정도 가라앉은 듯하더니 이번에는 누가 경찰에 통보했든지 간에 카릴의 보석금 1500달러는 나보고 내라고 했다. 내가 왜 그 돈을 내야 해, 하고 소리치고 싶었지만 이것도 물론 마음속으로만 외쳤다.

"어쩔 수 없지요. 내가 낼 테니 걱정 마세요"하는 말을 하자 그는 겨우 안심하고 돌아갔다.

정말 오늘은 힘겨운 하루였다. 그가 돌아간 후 피곤에 지친 잭키와 나는 문이 부서진 방에서 아침에 관리인이 올 때까지 교대로 문에서 감시하면서 조금씩 잠을 잤다.

아침에 관리인이 문을 수리하러 왔다. 잭키가 그만 돌아가려 할 때였다. 문 밖에서 다투는 소리가 났다. 나가 보자 옆집에 사는 모모와 카릴의 형이 몸싸움을 벌이고 있었다. 아파트 복도에 모모와 그의 고함소리가 울려 퍼졌다. 잠시 후 모모가 불렀는지 경찰들이 몰려왔다.

모모가 카릴의 형을 가리키며 "이 남자가 문을 부수고 우리 옆집에 들어가는 것을 내가 봤어요. 불법침입과 기물 파손죄 아닌가요?" 했다. 경찰관은 관리인에게 그가 아파트 주민인지 확인해 보더니 그를 체포했다.

꼼짝없이 수갑을 찬 그를 보자 속이 후련했다.

그러나 그렇게 기뻐하고 있을 때가 아니었다. 이 아파트에 이대로 사는 것은 정말 위험했다.

카릴과 그의 형이 체포되었기 때문에 블러즈의 멤버가 내게 복수하기 위해 찾아올 가능성이 높았다. 하지만 나는 이사할 비용도 없었다. 경찰관은 갈 곳이 없으면 '여성을 위한 보호시설'에 가라고 가르쳐 주었다. 그러나 그곳에는 통금시간이 있는 모양으로 나이트클럽에서 춤을 추는 나는 통금이 있는 시설에서 살 수 없었다.

달리 방법이 없었기에 나는 이 아파트에서 그대로 살기로 했다.

생각해 보면 뉴욕에 와서 처음으로 혼자 살게 된 것이다. 다른 때 같았으면 마음 편하게 살 수 있어 좋았겠지만 때가 때인 만큼 지금 당장이라도 카릴이 문을 부수고 쳐들어올 것 같았다. 나는 살아 있으면서도 살아 있는 것 같지가 않았다. 집 안에 있을 때는 언제나 문쪽만 바라보았다.

법원에서 카운셀링도 받았는데 진단 결과 내가 대인공

포증에 걸렸다고 했다. 타인을 두려워하여 마음을 열지 않는다는 것이다.

브롱크스의 아파트에서 나는 두려움에 떨며 하루하루를 지냈다. 이제 카릴을 사랑하지도 않고 그와 합칠 생각도 없었다. 카릴이 자신을 감옥에 보낸 나를 죽이러 올지 모른다는 생각만으로도 불안해졌다.

먹을 것을 사러 갈 때만 밖으로 나가고 그 외에는 줄곧 방 안에 처박혀 있었다. 칼을 몇 자루나 준비하여 곳곳에 숨겨두었고 언제라도 두들겨팰 수 있도록 야구 방망이를 숨겨두고 창문에는 튼튼한 자물쇠를 달았다.

그래도 안심이 되지 않아 나는 경찰에게 카릴의 권총을 건네주며 형기를 연장해 줄 것을 부탁했다. 또한 블러즈에 대해서도 상세히 설명해 주었다. 모이는 장소와 마약을 판매하는 장소도 말했다. 경찰의 조사에도 협력했다.

카릴과 함께 살던 때만 해도 섹시한 옷차림을 했는데 카릴이 체포된 이후에는 눈에 띄지 않게 가능한 살이 보이지 않는 옷을 입었다. 길을 가다 누군가가 나를 알아볼까 두려웠기 때문이다. 잠을 자면서도 악몽에 시달렸다. 카릴이 꿈속에 나타나 나를 죽이는 꿈을 몇 번이나 꾸었다.

그러면서도 나는 일본에 돌아갈 생각은 하지 않았다. 초등학교 시절부터 성인이 될 때까지 귀가 들리지 않는다는 이유로 나를 괴롭혔던 일본에는 절대 돌아가고 싶지 않았다. 왜냐하면 나는 미국에서 제2의 인생을 살려고 결심했으니까.

당시 나와 같은 아파트에 살았던 모모와 그녀의 여동생 나나, 그리고 요란다와 카렌이라는 흑인 여성들이 내게 힘을 주었다. 항상 풀이 죽어 있던 나를 격려해 주었다. 그들에게는 지금도 감사하고 있다.

파이팅!

과감하게 남자 사냥을

> 돈이 없는 남자와 사귀어서는 안 되고 몰래 바람피우는 남자는
> 더더욱 사귀어서는 안 된다는 사실이다.
> 하나 더 덧붙이면 아이가 있는 남자나 잘생긴 남자도 금물.

　차츰 생활이 안정되기 시작했다. 어느 날 라스베가스에 살던 흑인 남자친구인 피이가 나를 걱정하여 뉴욕까지 달려왔다. 피이는 일본에 있는 여자친구의 애인으로 일본어를 조금이나마 할 줄 알았다.

　공항에서 그와 만나 우리 집으로 초대했다. 피이에게 지금까지 카릴과의 사이에 있었던 일을 모조리 털어놓았다. 그가 집에 있어 주는 것이 든든했다. 최근 3개월간 계속되었던 대인공포증이 나은 것도 다 피이 덕택이다. 며칠 뒤 피이와 함께 나이트클럽에 놀러갔다. 하지만 피이는 친구의 애인이라 그를 이성으로 보지 않았다. 피이는 그곳에서 만난 여자와 즐겁게 춤을 추었다.

그리고 나도 괜찮은 남자를 찾아냈다. 카릴의 10배는 멋진 흑인 남성을. 키가 크고 인물도 좋았으며 머리를 짧게 땋고 있었다. 혼자 춤추고 있는 그에게 같이 추자고 접근했더니 흔쾌히 내 제안을 받아들였다. 정말 그는 함께 거리를 걸어가도 누구에게나 자랑할 수 있을 정도로 멋진 남자였다. 그의 이름은 나피. 간만에 이성에 대한 설렘을 느끼며 데이트를 즐겼다. 나는 카릴 사건 이후 전혀 남자에 관심을 가지지 않았는데 그로 인해 젊어진 것만 같았다.

나피는 음악제작자이자 엔지니어로 브로드웨이에 있는 스튜디오에서 일하는 전문직 남성이었다. 뉴욕에 와서 일다운 일을 하는 흑인을 만난 것은 이번이 처음이었다. 개인적으로 사귀던 흑인들은 대개 폭력배들이라 제대로 된 일을 하는 사람이 없었다. 그래서인지 그는 참으로 신선하게 느껴졌다.

가진 돈도 떨어져 돈을 벌기 위해 맨해튼의 '클럽44'에 나가려고 하자 나피는 우리 집 근처에 있는 유명한 토플리스 클럽을 소개해 준다며 나와 피이를 데리고 갔다. '거기에는 일본 사람이 한 명도 없어. 음악도 힙합과 레게만 틀고 흑인들 뿐이야. 네가 가면 돈을 많이 벌 수 있을 거야.'

그곳에 가보자 가게는 역에서 다소 떨어진 한적한 곳에 있었지만 사람들에게 인기 있는 가게였다. 손님도 댄서도 많았으며 목요일 밤임에도 불구하고 발 디딜 틈 없이 복잡했다. 토플리스 춤을 추는 가게이면서도 음악도 나이트클럽처럼 힙합이나 레게류의 음악이 흘러나왔다. 바로 내가 바라는 이상적인 가게였다. 드디어 놀면서 일할 수 있는 곳을 발견한 것이다.

이 가게의 댄서들은 흑인과 라틴 아메리카계 사람이 대부분을 차지하고 아시아인으로는 중국인이 한 명 있었다. 거기다 일본인이 일한 적이 없는 클럽인 만큼 나의 영어 실력과 커뮤니케이션 능력을 시험하기 위해 직접 클럽의 주인에게 면접을 받게 되었다. 면접은 통과했는데 춤에는 자신이 없었다. 나는 지금까지 고작 두 클럽에서만 일했기 때문이다. 어떻게 춤을 춰야 할지 고민하다 사람들이 웃으면 어때 내 마음대로 한번 춰 보는 거야, 하며 뻔뻔하게 춤을 추었더니 박수갈채를 받았다.

당시 나는 브롱크스가 어떤 곳인지 제대로 몰랐다. 그래서 나중에 나피가 내게 브롱크스에 대해 설명해 주었을 때 매우 놀랐다. 특히 내가 살고 있는 엘리데 거리는 치안 상태가 나쁘기로 유명한 곳이라고 했다. 그러면서 브롱크스 내에서도 가장 위험한 그런 곳에 사는 일본인은 없다고도 했다.

그것도 폭력배와 결혼한 청각 장애자 일본 여성은 없을 거라나. 거기다 토플리스 댄서가 되려고 하는 사람은 더욱 없을 것이라고 했다. 그러고 보니 나는 언제나 호신용

칼을 가지고 다녔다. 할렘이나 브롱크스에서는 당연한 일이지만.

새로 일을 시작한 클럽의 이름은 '웨즈.' 주인은 '메모와 펜으로 손님과 이야기하면 잘 될 거야. 열심히 해봐' 하며 내 등을 두드리며 격려해 주었다. 또한 '여기에서 매일 일하면 큰 돈을 벌 거야. 유명한 랩퍼들이 많이 오니까' 하는 말도 잊지 않았다. 나는 거의 매일같이 클럽을 드나들며 다른 댄서들을 보면서 춤연습을 했다.

이렇게 나를 받아들여주는 곳은 뉴욕에서도 아주 드물다. 모두가 나를 격려해 주어서 정말 기뻤다. 열심히 해야 겠다는 의욕이 솟으면서 지금까지 카릴에게 빼앗긴 돈보다 훨씬 많이 벌어야지 하고 생각했다.

나는 나피를 사랑하게 되었다. 그는 내가 토플리스 댄서를 하는 것도 이해해 주었다. 무엇보다 그것이 기뻤다. 그의 가족을 소개해 준 것에도 감사하고 있다. 단, 나 몰래 다른 여자와 바람피우는 것은 참을 수 없었다. 내가 토플리스 댄서를 하면서 남자들 앞에서 현란한 춤을 추는 것을 바람피운다고 탓할 수 없을 것이다. 어디까지나 일은 일이니까.

나 이외에 여자가 있다면 내게도 확실히 말해 주길 바랬다. 어느 날 그의 바지 주머니 속에 검은 여자 팬티가 들어 있는 것을 발견했다. 그러자 나피는 그 팬티를 머리에 뒤집어쓰고 나를 웃겨주려고 그랬다며 은근슬쩍 넘기려 했다. 그것을 본 나는 그에게 상당히 실망하고 말았다.

그에 대한 사랑이 급격히 식어 갔다. 결국 나피와는 오래 사귀지 못했다. 내가 그에게 친구 관계는 유지할 수 있겠지만 당신은 애인으로서는 실격이라고 하자 나피는 나와 계속 애인 사이를 유지하고 싶어했다. 나는 화가 났다. 더 이상 그를 신용할 수 없었고 카릴과 같은 경우를 당하기 싫었다.

그리고 그가 일은 하고 있으면서도 별로 돈이 없다는 것도 문제였다. 나피는 이혼을 해서 전처와의 사이에 아이가 둘 있다고 했다. 그 아이들의 양육비를 대고 있어 남는 돈이 없다는 것이다. 그렇다고 해서 내가 그런 남자와 어떻게 사귈 수 있겠는가.

하지만 나피가 흑인 남자들은 일본 여자를 세계에서 최고라고 생각한다는 말을 해주었기에 나에게 자신이 생긴 것은 좋은 일이었다. 그것도 나피와 사귐으로써 얻은 수확이라면 수확이라 할 수 있을 것이다. 이제 자신을 값싸게 파는 사랑은 하지 않을 거라 맹세했다.

카릴한테도 좋은 남자를 고르기 위해서는 주의 깊고 냉철하게 사람을 보아야 한다는 교훈을 얻었다. 그 외에 나피에게서 얻은 교훈은 돈이 없는 남자와 사귀어서는 안 되고 몰래 바람피우는 남자는 더더욱 사귀어서는 안 된다는 사실이다. 하나 더 덧붙이면 아이가 있는 남자나 잘생긴 남자도 금물. 아직 내가 배워야 할 점이 많다.

과감하게 남자 사냥을

하지만 나피에게 감사하게 생각하는 점도 있다. 그는 내게 일할 곳을 소개해 주고 마음의 의지처가 되어 주기도 했으니까. 결국 그와는 애인 관계가 끝난 뒤에도 친구로서 연락을 주고받았다. 그런데 이 남자, 친구가 된 뒤에도 괜히 질투를 했다.

처음에는 모른 척하고 있었는데 그것이 몇 차례 계속되자 도저히 참을 수 없어 완전히 그와 연락을 끊었다. 그러고 보니 나도 나피와 연인 사이였을 때 그가 바람을 피운다면 나도 똑같이 해준다며 카릴의 동료를 데리고 와서 그와 관계를 맺은 적이 있었다. 이런 과정을 거치면서 내가 점점 강해지는 것이 기분좋았다.

카릴의 친구를 골라 그와 섹스하는 것은 카릴에 대한 복수이기도 했다. 그리고 카릴의 친구를 놀리는 것도 재미있었다. 나를 멍청하게 돈이나 대주는 바보 같은 여자쯤으로 생각한다면 큰 오산이다. 나는 그들을 적당히 이용하고는 버렸다.

카릴의 친구와는 세 명 정도 관계를 가졌다. 그때 그 사실을 피이가 나피에게 일러주었다. 그래서 나는 피이를 집에서 내쫓았다. 내 집에 살고 있으면 내가 하는 일에 대해 쓸데없는 참견을 해서는 안 된다고 생각했기에 그를 내쫓았다.

쾌락만을 추구한다면 얼마든지 상대는 구할 수 있다. 그러나 진정으로 신뢰할 수 있고 안심할 수 있는 남자를 찾기란 여간 어렵지 않다. 그런 남자를 찾기 위해서는 수많은 남자들과 사귀어 보아야 할 것이다.

나피 다음에 사귄 남자는 다몬이었다. 다몬은 토플리스 클럽 '웨즈'에서 처음 만났다. 그는 손님으로 왔다가 랩댄스를 추는 내게 가장 많은 팁을 주면서 사귀게 되었다. 다몬은 순진하고 부끄럼이 많은 남자였다. 내가 랩댄스를 출 때 온몸을 긴장하며 내게 말을 거는 그가 귀여웠다.

그를 좀더 알고 싶어 밖에서 식사라도 하지 않겠냐고 내가 먼저 말을 걸었다. 밖에 나가 보니 그가 고급차를 타고 와 깜짝 놀랐다. 25세의 어린 나이에 이런 차를 타고 있다니 혹시 부자집 아들이 아닐까.

다몬과 아침밥을 먹으면서 그가 정말 나를 좋아한다는 사실을 다시 한 번 절감했다. 그리고 나서 같이 우리 집으로 왔다. 그런데 그는 한 번 만나 곧장 관계를 가지는 그런 남자가 아니었다. 그냥 내 옆에서 잘 뿐 아무 짓도 하지 않았다. 그는 토플리스 댄서를 한 사람의 여자로 봐주는 신사였다.

다몬은 일 벌레로 하루에 12시간 이상 일을 했다. 그는 트럭을 타고 뉴욕을 돌아다니는 판매사원인데 그가 타고 다니는 고급차는 다몬의 부지런함에 감동한 그의 어머니가 사준 것이라고 했다.

다몬은 나와 같이 있으면 언제나 긴장을 하는데 그 모습이 아주 귀여웠다. 그 때문인지 낭만적인 말을 그로부터

들어본 적도 없었고 우리 집에 놀러 와서도 그저 만나러
왔습니다, 하고 말할 뿐이었다. 그래서 집에서 우리가 하
는 일이라고는 함께 밥을 먹거나 TV를 보는 것이다. 변함
없이 다몬은 긴장상태.

　그의 집은 내가 사는 아파트에서 그리 멀지 않은 곳에
있었다. 집세 900달러를 전부 다몬이 내고 있다고 했다.
현재 함께 살고 있는 사람은 그의 어머니와 사촌이고 형
제들은 모두 분가했다. 그런데 한 가지 마음에 걸리는 것
이 있었는데, 그의 어머니에게 나를 소개시켜 주지 않았던
것이다. 어떤 사정이 있든 부모에게 자신의 여자친구를 보
여주지 않는 것이 이상했다. 미국인은 정식으로 애인을 사
귀게 되면 먼저 부모에게 소개한다. 당시 그는 내게 어머
니의 건강상태가 나쁘다고는 했지만 끝까지 그 이유를 알
수 없었다.

　데이트할 때마다 긴장하는 그를 보는 것도 즐거웠지만
아무 일도 일어나지 않는 것에 점점 애가 탔다. 다몬은 좀
처럼 내게 손을 대지 않았다. 그래서 어느 날 밤 나는 야
한 속옷을 입고 집에서 그가 오기만을 기다렸다. 선물을
사들고 집에 들어섰을 때의 그의 표정은 지금도 잊을 수
가 없다. 검은 피부임에도 선명하게 보이는 새빨간 얼굴.
그는 눈을 동그랗게 뜬 채 넋을 잃고 나를 쳐다보았다.

　나는 간신히 웃음을 참고 저녁식사를 끝낸 뒤, 일부러
그를 떠보았다. '내일 여기 와도 나는 없을 거야. 일이 바

빠서 언제쯤 다시 만날 수 있을지도 잘 모르겠어.' 그러자 다몬은 서둘러 종이에 뭔가를 써서 내게 보였다. '나! 너를 갖고 싶어. 내게 키스해 줘'하고. 나의 대답을 기다리면서 그는 떨고 있었다.

다몬은 동정이었다. 나는 지금까지 동정인 남자와 잠을 자본 적이 없었다. 한 번도 여자와 자본 적도 없고 여자를 꼬셔본 적도 없는 흑인 남자는 본 적이 없었다. 그러고 보니 다몬은 나와 관계를 가질 때도 어떻게 해야 할지도 모르는 것 같았다.

하지만 문제는 그와 한 번 자고 난 뒤부터 그가 나를 구속하려 했다는 점이다. 내가 일하는 토플리스 클럽에 틈만 나면 나타나 내 일을 방해했다. 처음부터 나 같은 토플리스 댄서를 애인으로 삼은 것이 잘못이었다.

내 일을 방해한다면 더 이상 그 사람과는 사귈 수 없었다. 나는 클럽 안에서 그에게 이별을 고했다. 내게는 일이 중요하다고 말하면서. 하지만 그가 받은 상처를 너무나도 잘 알기에 나도 괴로웠다.

그와 보낸 시간들은 내게 좋은 추억이 될 것이다. 다몬에게서 얻은 교훈은 내 일을 방해하는 남자와는 사귈 수 없다는 점과 랩댄스를 출 때 팁을 많이 주는 손님에게는 흥미를 보이지 말 것. 그리고 가족을 소개시켜 주지 않는 남자도 사귀지 말 것.

되살아난 럭키 걸

죽기 싫어. 이렇게 죽기 싫다구.
나는 이를 악물고 끈질기게 견뎠다.
그리고 목을 조르고 있는 남자의 눈을 쳐다보았다.

다몬과 헤어진 것은 현명한 판단이었다고 생각한다. 왜냐하면 그때부터 나는 클럽에서 제일 잘 팔리는 댄서가 되었기 때문이다. 나를 보러오는 손님들이 가게 밖까지 줄을 섰고 벽에는 내 그림까지 그려졌다. 스테이지에서 추는 춤보다 손님의 지명을 받아 추는 랩댄스를 더 많이 추게 되었다. 그런 나를 사람들은 '럭키 걸'이라고 불렀다.

대체적으로 일본인 여자들은 깡마르고 엉덩이가 작아 흑인들에게 인기가 없다. 미국 남자들은 가슴과 엉덩이, 허벅지에 볼륨이 있는 여성을 선호하기 때문이다. 하지만 내 경우 유방확대수술을 하여 가슴도 빵빵하고 엉덩이도 큰 편이라 미국에서 인기를 얻을 수 있었던 것이다.

그러나 나의 인기가 점점 높아지면서 손님을 독차지하자 다른 댄서들의 반감을 사고 말았다. 모두 먹고 살기 위해 이곳에서 일하는 터라 댄서들 간에 경쟁이 치열했다.

대기실에서 내 험담을 하기도 했다. 내가 부러우면 자기들도 열심히 일을 하면 될 텐데 말이다. 나는 계속 다른 댄서들의 험담을 무시하고 내 일에만 충실했다. 그랬더니 어느 날 손님에게 받은 팁을 넣은 가방이 없어졌다. 랩댄스를 출 때 손님의 발 밑에 두었는데 없어지고 만 것이다. 당황한 나는 가방을 찾기 위해 열심히 클럽 안을 뒤졌다. 그런데도 다른 댄서들은 나를 보면서 웃었다.

그들은 나를 클럽에서 내쫓기 위해 그런 짓을 한 것이다. 180달러나 들어 있던 가방을 잃어버린 것은 아까웠지만 분한 마음에 나는 아주 예쁜 옷을 사입고 클럽에 갔다. 다들 내가 이번 일로 클럽을 그만둘 것이라 기대했을 테지만 그렇게 쉽게 포기할 내가 아니었다.

괴롭힘을 당하면 당할수록 나는 더욱 열심히 일에 매달렸다. 더욱 좋은 옷을 사입고 손님을 확보하기 위해 맹렬히 춤연습도 했다.

그러나 그들의 괴롭힘은 좀처럼 끝날 기색이 없었다. 내 인기가 높아지면 높아질수록 늘어만 갔다. 대기실에 둔 가방에서 현금카드가 없어지기도 했다. 그럴 경우 대개 누가 훔친 것인지 짐작이 가 클럽의 보안 책임자에게 조사하게 했다. 그러면 그 댄서는 다음 날로 클럽에 일하러 오지 않았다.

다른 댄서들은 내가 일을 그만두지 않자 적잖이 놀란 모양이었다. 그 정도로 나를 지치게 만들 수 있다고 생각하다니. 좀더 나를 괴롭혀 봐. 너희들이 그럴수록 나는 더 열심히 할 테니.

중국인 댄서가 일본인은 모두 겁쟁이라고 했지만 나는 그렇지 않다는 것을 보여주었다. 그 뒤에도 손님이 내 가방을 훔친 적이 있었는데 나는 보안 책임자에게 말해 그를 붙잡았다. 그랬더니 그 남자는 내 가방을 훔쳐주면 공짜로 한 번 자준다고 해서 훔쳤다고 자백했다. 결국 그 댄서도 클럽에서 해고되었다.

댄서들 사이에서도 자주 싸움이 일어났다. 나는 카릴과 사귀면서 어떻게 하면 형사사건이 될지를 잘 알고 있었으므로 다른 댄서가 싸움을 걸어와도 절대 손을 대지 않았다. 먼저 때린 사람이 경찰에 잡혀 가고 맞은 사람은 피해자로서 고소할 수 있기 때문이다.

한 번은 남미계의 댄서가 나에게 싸움을 걸어왔는데 그때도 나는 욕설로 되갚아 주었지 폭력은 쓰지 않았다. 그랬더니 그 댄서는 내 말에 열을 받아 나에게 덤벼들었다. 결국 그녀도 잘리고 말았다.

그래도 댄서들의 시기가 사라지지 않아 나는 최후의 수단을 쓰기로 했다. 그것은 폭력과 경찰, 법률을 내 편으로 만드는 것이었다. 카릴과 살 때 친구가 된 경찰관이 내게 말했다. '최후의 승자는 법률을 아는 사람이라고.' 나는 사복 경찰관을 클럽에 불러들여 매춘을 하는 댄서가 있으면 그들에게 일러주었다.

그리고 블러즈의 멤버와도 다시 접촉을 시도했다. 그들에게는 돈을 뜯어낼 수 있을 만한 댄서를 소개해 주었다. 나를 괴롭히는 못된 댄서들에게 복수하기 위해서였다. 블러즈의 출현에 클럽의 댄서들은 내가 보통 여자가 아님을 알고는 더 이상 나를 괴롭히지 않게 되었다.

클럽에서 평화롭게 지내던 어느 날, 가게로 잡지의 누드 모델 의뢰가 들어왔다. 나는 당장 승낙하고 지정된 날에 클럽으로 갔다. 이미 카메라맨과 메이크업 담당이 가게에 대기하고 있었다. 당구대 위에서 누드로 포즈를 취하면서 꼬박 하루를 촬영했다.

누드 모델은 뉴욕에 와서는 처음 하는 일인 만큼 긴장해서 포즈가 잘 잡히지 않았다. 그런데 얼마 후 클럽의 주인이 내 누드 사진이 몇 페이지에 걸쳐 실린 데다 잡지의 표지 모델로도 선정되었다고 하여 깜짝 놀랐다.

그 잡지는 아시아계 여성들의 누드 잡지였다. 표지 모델이 된 나는 출판사 사장의 마음에 들어 그와 친구가 되었다.

사장은 중국인으로 그의 집은 고급주택가에 위치한 대저택이었다. 나는 사장에게 일본어를, 사장은 내게 영어를 가르쳐 주면서 즐거운 시간을 보냈다. 사장은 그의 집으로 놀러 갈 때마다 내게 용돈도 주었다.

사장은 또한 내게 애인이 되어 주지 않겠느냐고 했지만 나는 매춘이나 불륜 관계는 용납할 수 없다며 정중히 그의 청을 거절했다. 그런데 사장은 내가 돈 때문에 남자와 자는 그런 여자가 아님을 알고는 더욱 나를 마음에 들어 했다. 그래서 그 뒤에도 또 누드 모델 일을 의뢰해 왔다. 이번에는 사장의 집에서 촬영을 했다. 그 사진이 실린 잡지에도 내가 표지 모델로 선정되어 나는 조금씩 '고급 누드댄서'에 가까워지는 것 같아 기뻤다.

다음으로 독신 남성들의 파티에 출장 댄서로 불려갔다. 미국에는 결혼을 앞둔 남자들이 최후의 독신 생활을 기념하는 파티를 한다.

특히 인상에 남는 총각 파티는 맨해튼의 부자집 아들의 파티에 불려갔을 때였다. 백인 남자들만 있고 여자는 한 명도 없었다.

세 명의 댄서와 함께 쇼를 했는데 일본 여자가 벗는 모습을 직접 본 적은 없었다며 그곳에서도 최고의 대접을 받았다. 다른 댄서와 레즈비언 쇼를 했더니 상당히 많은 팁을 던져주었다. 그날은 벌이가 짭짤했다.

손님이 만족해하면 언제나 기분이 좋았다.

나중에 들은 이야기이지만, 그들의 약혼녀들도 '독신 여성만의 파티'를 열어 남성 댄서들을 불러 누드쇼를 즐겼다고 했다. 미국은 이런 면에서는 정말 개방적인 나라임을 절감했다.

이런 종류의 파티에 출장 댄서로 가면 꽤 많은 돈을 벌어들일 수 있었다.

그러나 나는 출장 댄서 일을 하다가 엄청난 사건에 휩쓸리고 말았다.

클럽에서 지시받은 호텔의 객실로 흑인 여성 댄서와 함께 출장 댄서로 갔을 때의 일이다. 호텔 방으로 들어간 나는 놀라지 않을 수 없었다. 여기서 이름은 밝힐 수 없지만 유명한 랩퍼(이니셜은 N・A)가 있는 것이 아닌가. 그 외에 음악관계자가 4명 있었다. 그것도 그 유명 랩퍼 N・A가 누드 잡지를 보고 나를 지명한 것이라고 했다.

사실 나는 그 랩퍼와 잔 적이 있는 어느 친구에게서 그에 대한 나쁜 소문을 들었었다. 그 남자는 일본 여자를 좋아하는데 거짓말쟁이에다 질이 나쁜 놈이라고 했다. 하지만 이미 일을 받아들였으니 싫다고 말할 수 있는 상황이 아니었다.

한 시간 가량 쇼를 할 예정이었는데 그 랩퍼가 돈 가방을 보이면서 오늘 밤 호텔에 같이 있어 주면 돈은 얼마든지 낸다고 우리를 붙잡았다. 나는 10시간 분에 해당하는 1000달러를 먼저 건네 받아 그의 의뢰를 받아들였다. 받은 돈은 몰래 가방 안에 넣어두었다.

랩퍼 N・A는 마리화나를 피우면서 우리에게 쇼를 시작하라고 명령했다. 우리는 침대 위에서 춤을 췄다. 그들은 우리에게 팁을 계속 던져주었다.

　그런데 나는 갑자기 쓰러져 의식을 잃고 말았다. 레즈비언 쇼를 침대 밑에서 하던 것까지는 기억이 나는데 그 다음은 전혀 기억이 없었다. 정신이 들자 아침이었고 내 옆에는 음악관계자 한 명이 자고 있었다. 그도 나도 둘 다 알몸이었다. 머리가 어질어질해서 겨우 침대에서 일어서는데 바닥을 보는 순간 눈이 번쩍 뜨였다. 사용하고 버린 수십 개의 콘돔이 맥주 캔과 함께 사방에 나뒹굴고 있는 것이 아닌가.

　설마 하고 방 안에 있는 거울에 몸을 비추어 보니 온몸이 멍투성이였다. 어제 밤 나는 성폭행을 당한 것이었다.

　나는 급하게 가방 안을 뒤졌다. 그랬더니 분명 어제 넣어 둔 1000달러가 없었다. 나는 잠들어 있던 댄서와 남자를 깨웠다. 나는 내 돈을 어떻게 했으며 그 랩퍼 놈은 어디로 갔느냐며 미친 듯이 날뛰었다. 잠시 후 다른 댄서도 자신의 돈이 없어졌다고 소리쳤다. 혼자 남겨진 음악관계자와 우리는 말싸움을 시작했다.

　그때였다. 갑자기 남자가 흑인 댄서의 목에 손을 가져가더니 목뼈를 으스러트렸다. 찢어질 듯한 비명소리와 함께 그녀의 입에서 대량의 피가 뿜어져 나왔다. 그녀는 그대로 바닥에 쓰러져 부들부들 떨었다.

　바로 눈 앞에서 그 광경을 보고 만 나는 울면서 그에게 소리쳤다. 내 비명소리에 놀랐는지 그놈이 이번에는 내 목을 조르기 시작했다. 숨을 쉴 수 없었다. 정말 나를 죽이려 했다.

카릴에게 몇 번이나 살해당할 뻔했지만 이런 공포를 느낀 것은 이전 23번가의 역에서 강도를 만난 이후 두 번째였다. 남자의 양손이 내 목뼈를 엄청난 힘으로 눌렀다. 이대로 죽을지도 모른다고 생각하니 불현듯 울고 있는 어머니의 얼굴이 떠올랐다.

죽기 싫어. 이렇게 죽기 싫다구.

나는 이를 악물고 끈질기게 견뎠다. 그리고 목을 조르고 있는 남자의 눈을 쳐다보았다. 그랬더니 그 남자는 정신이 이상해졌는지 자신을 사랑하는지 물었다. 강간하고 이제는 죽이려고까지 하면서 무슨 소리를 하는가 하다 순간적인 판단으로 정신을 잃은 척했다. 그러자 그 남자는 내 목을 조르던 손을 풀면서 나를 바닥에 내려놓고는 뒤에서 나를 안아 그 짓을 하려고 했다. 술 냄새를 풍기는 거친 숨소리가 내 귀를 덮쳐왔다. 바로 그때 전화벨이 울렸다. 내 비명소리를 들은 호텔의 로비에서 전화를 건 모양이었다.

나는 비틀거리며 일어났다. 도망갈 기회는 지금이다. 아직 남자는 전화를 받고 있다. 나는 문에 걸려 있는 체인의 위치를 확인한 후 내게 남은 모든 힘을 다해 문까지 달려가 체인을 풀었다.

'사람 살려! 날 죽이려 해요!'

되살아난 럭키 걸

방 밖에 있던 사람들이 놀래서 내 쪽을 향했다. 그 순간 남자의 손이 내 몸을 붙잡으려 했다. 그러나 사람들의 시선을 느끼고는 남자는 내 옆을 지나 밖으로 뛰어나갔다. 나는 전라의 상태로 울면서 저 놈 잡아라! 경찰을 불러요, 하고 외쳤다. 그러자 밖에 있던 사람이 내게 다가와 이 호텔 로비에 경찰이 와 있으니 이젠 괜찮다며 나를 달랬다. 잠시 후 경찰관이 와서 그 남자를 붙잡았다고 말했다. 드디어 나는 안도의 한숨을 내쉬었다.

방에 들어온 경찰들은 바닥에 흩어져 있는 대량의 콘돔에 놀라며 목뼈가 부러진 여자를 구급차에 실어갔다. 방 안 화장실에서는 코카인이 발견되었고 나는 경찰의 보호를 받았다.

형사가 말하길 검거된 남자는 기혼자로 딸이 둘이나 된다고 했다. 부인과 자식들이 얼마나 마음에 상처를 받았을까 생각하자 그 남자에 대한 증오가 더해졌다. 그 놈들은 전부 인간쓰레기였다.

혈액과 소변검사 결과가 나왔다. 여자 경찰관으로부터 그들이 내게 6시간 분의 수면약을 먹이고 강간했다는 사실을 전해들었을 때 손이 떨려옴을 느꼈다. 하지만 그런 상황에서 살아난 것도 천만다행이 아닐 수 없다. 경찰관도 내가 운이 좋았다고 했다.

그리고는 온몸에 든 멍을 찍어 증거사진으로 채택했다. 경찰은 그들이 사용하고 버린 콘돔을 DNA검사해서 형사

재판에 넘긴다고 했다.

　3주 후 나와 흑인 댄서는 증언대에 섰다. 귀가 잘 들리지 않는 나를 위해 법정에는 자막 처리된 모니터도 준비되었다. 우리들은 연방검찰의 질문에 답했다. 3번의 재판 끝에 그들은 10년형을 살게 되었다.

　그 사건 이후 나는 란스라는 흑인을 알게 되었다.

　내가 스테이지에서 춤을 추고 있을 때 객석에 있는 란스를 발견했다. 어쩜 저렇게 섹시한 눈동자를 가진 사람이 있을까, 하며 그에게 흥미를 가진 것이 계기가 되었다. 하지만 스테이지에서 내려와 그와 함께 춤을 추려고 했을 때 그의 키가 너무 작아 조금 놀랐다. 지금까지 내가 사귀었던 남자들 중에서 란스가 가장 작았다.

　클럽이 끝난 뒤 그와 함께 아침밥을 먹으러 갔다. 란스의 차는 메르세데스 벤츠였는데 운전석과 조수석의 등받이가 고장이 나 쓰러져 있었다. 그래서 우리는 줄곧 앞으로 구부린 상태로 자리에 앉아 있어야 했다.

　그리고 더욱 놀란 것은 레스토랑에 도착해 란스가 모자를 벗었을 때였다. 그의 머리는 아주 작아서 마치 서양 배 같았다. 하지만 낭만적으로 미소짓는 그의 표정을 보면서 옛날 도쿄에서 사귀었던 애인 찰리를 떠올렸다.

　란스는 큰 병원에서 일하는 의사의 아들로 그 자신도 장래 산부인과 의사를 희망하는 의대생이었다. 그것으로 그의 차가 벤츠인 것은 이해가 갔다. 정말 이번에야말로 진짜 부자를 만난 것이다. 하지만 머리의 모양이 영⋯⋯.

란스는 의학부의 수업과 아르바이트로 바쁘게 생활하면서도 데이트를 할 때는 낭만적인 분위기를 연출하였다. 내가 가본 적이 없는 레스토랑에서 식사를 하거나 여기저기 드라이브를 데려가기도 했다. 식사를 할 때도 란스는 훌륭한 매너로 나를 기쁘게 했고 길을 가다가 꽃을 사주기도 했다.

그런데 사귄 지 1개월 정도 지났을 때 란스가 술에 취해 우리 집으로 찾아왔다. 그런데 란스는 내게 매춘부라며 욕을 해댔다. 본인은 술에 취해 아무것도 기억하지 못했지만 술에 취해 하는 말이 진실일 경우가 많기에 나는 그에게 크게 실망했다. 물론 클럽에는 매춘을 하는 댄서도 있었지만 란스가 나도 그들과 같은 부류로 취급했던 것이다.

다음 날 아침 란스는 아무 일도 없었던 것처럼 웃었다. 그러나 감사제나 크리스마스에 나와 함께 보낼 약속을 해 놓고도 나를 바람맞힐 때마다 그때의 말을 떠올렸다.

감사제 때는 란스의 가족이 만든 요리를 함께 먹으러 가자며 차로 데리러 온다고 했었고, 크리스마스에는 란스가 배에서 디너를 예약해 두었다며 드레스를 입고 기다리고 있으라고 해서 예쁜 드레스를 사입고 기다렸는데 끝내 그는 나타나지 않았다.

정월에도 란스는 놀러온다고 말해 놓고는 아무 연락이 없었다. 나는 그날 혼자 타임스퀘어에 가서 수많은 사람들

파이팅!

과 함께 카운트다운하고 '해피 뉴 이어'를 외치면서 마음
속으로 올해에는 좋은 남자를 찾아서 여느 해보다 더 좋
은 해가 될 거라고 다짐했다. 란스와는 헤어지리라 결심했
다.

이시무라 켄을 닮은 흑인 남자

'내가 다른 여자의 알몸을 보는 것조차 싫어할 만큼
너는 나를 사랑하고 있어. 지금까지 나를 그 정도로 생각해 주는
사람은 없었어. 그러니 나와 결혼해 줘' 하는 것이 아닌가.

남자에 진절머리가 난 나는 오로지 일에만 매달리게 되었다. 그러던 어느 날 랩댄스를 끝내고 플로어를 걸어가고 있을 때였다. 누가 내 팔을 쿡쿡 찔렀다. 뒤돌아보자 이시무라 켄을 꼭 닮은 웬 흑인 남자가 서 있어 놀라고 말았다. 지금까지 여러 흑인을 만났지만 그렇게 생긴 사람은 본 적이 없었다.

자세히 보자 그의 손에는 10달러짜리 지폐가 팔랑이고 있었다. 내가 '랩댄스입니까?' 하고 묻자 그는 고개를 끄덕였다. 랩댄스를 출 때는 손님과 마주 보아야 하는데 나도 모르게 넋을 잃고 그의 얼굴을 물끄러미 보았다. 그러고 보니 어릴 적 TV 프로그램 '8시다! 전원 집합'을 즐겨

보곤 했다. 당시 나는 거기에 나오는 이시무라 켄을 좋아했었다.

내가 나이를 묻자 23살이라고 했다. 사실 믿기 어려웠다. 너무 나이가 들어 보여 한 서른 정도는 될 것이라고 생각했었는데 말이다. 당시 나는 이 남자와 깊은 관계가 될 줄은 꿈에도 몰랐다.

보통 랩댄스 뒤에는 손님에게 전화번호를 알리는 것이 보통인데 그에게는 연락 달라며 엉터리 전화번호를 가르쳐 주었다. 그런데 그는 그의 어머니와 살고 있는 집 전화번호를 내게 알려 주었다. 실제로 전화를 걸어 보았더니 정말 어머니가 전화를 받았다. 엉터리 전화번호를 말한 나는 그에게 미안한 마음이 들어 그의 얼굴(이시무라 켄)이 계속 떠올라 괴로웠다.

한 번 더 그가 클럽에 오면 그때는 내 삐삐번호를 일러 주어야겠다고 생각하고는 그가 오기만을 기다렸다. 그랬더니 며칠 뒤 정말 그가 나타났다. 마침 그때 나는 휴식시간이라 중국요리를 시켜서 먹고 있었기에 그를 불러 함께 식사를 했다.

그는 걷는 모습이 데이브와 닮았다. 옷을 입는 취향은 란스를 닮았다. 그가 쓰고 있는 모자는 예전에 내가 란스를 헌팅했을 때 그가 쓰고 있던 모자와 같았다. 혹시 그도 란스처럼 머리 모양이 이상하게 생긴 것 아닌가 하여 모자를 벗겨보았더니 뒤통수가 평평했다. 절벽처럼. 또 한

이시무라 켄을 닮은 흑인 남자

215

번 그에게 놀랐다.

지금 내 전화는 사용중지를 당했다며 삐삐번호를 적어 그에게 건넸다. 그의 이름은 부르기가 아주 어려웠다. 'D·Rajar'라고 종이에 쓴 그의 이름을 발음해 보았다. '디라쟈? 드라쟈? 지라쟈?' 하며 몇 번이고 발음을 했지만 실패하고 결국 내가 발음하기 가장 쉬운 '드라쟈'로 그를 부르기로 했다(진짜 발음은 데레제였지만).

며칠 뒤 그로부터 시카고 불스의 농구경기 티켓을 구했다며 함께 보러 가자는 전화가 걸려왔다. 나는 그에게 집 주소를 가르쳐 주며 데리러오라고 했다. 솔직히 그가 약속한 날 올 것이라고 믿지 않았다. 엘리데 거리는 치안상태가 나쁘기로 유명하여 사람들이 오기를 꺼리는 곳이기 때문이다. 그런데 드라쟈는 약속한 날 정확히 우리 집에 나타난 것이다.

그날 우리는 농구경기를 보러 가기 전까지 많은 이야기를 나누었다. 나를 끈질기게 따라다니며 괴롭히는 스토커에 대해 이야기했더니 그는 그 스토커에게 장난전화를 걸어주었다. 드라쟈 덕택에 실로 오랜만에 소리내어 웃을 수 있었다. 카릴과 결혼한 이후 즐겁게 웃어본 적이 없었던 나였다. 실컷 웃으면서 그 간의 나쁜 기억들이 말끔히 해소되는 듯한 기분이 들었다. 그러면서 나는 점점 그가 좋아졌다.

드라쟈를 보면서 사람은 외모가 중요한 것이 아니다. 무엇보다 마음이 맞는 사람이 좋다고 진심으로 생각하게 되었다. 이시무라 켄을 닮은 재미있는 얼굴로 나를 쳐다보면 기분이 좋았다. 하지만 이때는 그와 첫번째 데이트를 하던 때라 더욱 그에 대해 알기 위해 아무 내색을 하지 않았다.

당시 나는 미국인의 도움이 필요했다. 왜냐하면 엘리데 거리에 있는 아파트의 계약기간이 끝나 일주일 내에 그곳을 나가야 했기 때문이다. 그래서 새로운 집을 구해야 했다. 하지만 일본인이 경영하는 부동산에 가면 집세가 너무 비싸 엄두를 낼 수 없는 데다 여러 가지로 복잡한 규칙이 많았다. 나 같은 토플리스 댄서는 고정수입이 없어 아파트를 구하기가 더욱 어려웠다. 그리고 당시 나는 '찌찌'라는 작은 개도 한 마리 기르고 있었고 사람들은 내 귀가 나쁘다며 제대로 상대해 주지 않았다.

농구경기를 보러 가는 도중에 나는 드라쟈에게 그 이야기를 했다. 중대한 부탁이 하나 있는데, 하고 말문을 열자 드라쟈는 경기장에 가는 것을 포기하고 내 이야기를 들어주었다. 그리고 다음 날 다시 그와 만날 약속을 했다. 그는 그때 아파트 거주자 모집 정보지를 가지고 온다고 했다.

그날 하루의 데이트로 내 내부의 무언가가 변화하는 것을 느꼈다. 어쩌면 이 남자와는 행복해질 수 있을지 모른다는 기대에 가슴이 부풀었다.

다음 날 오후에 드라쟈가 집으로 찾아왔다. 약속한 대로 아파트 거주자 모집 정보지를 가지고 왔다. 우선 어디에 살지를 정했다. 드라쟈의 집은 지금 내가 살고 있는 곳에서 전철로 4구역 떨어진 곳에 있는데 룸메이트와 함께 살고 있다고 했다. 드라쟈는 그의 집에서 가까운 곳에 아파트를 구하는 것이 좋지 않겠냐고 했다. 그가 근처에 살고 있으면 앞으로 많은 도움을 받을 수 있을 것 같아 나는 그러자고 했다.

두 번째 데이트는 우리 집에서 오래도록 이야기를 나누었다. 종이와 펜을 가지고 계속 이야기했다. 그림을 그리는 점이나 좋아하는 음악, 그리고 야간근무를 하는 생활패턴 등 그와 나는 비슷한 점이 상당히 많았다. 더욱더 그가 좋아졌다. 내 이야기를 들어주는 그의 표정이 너무나 진지해 그가 정말 좋은 사람이라고 생각했다.

나는 사람을 좋아하게 되면 감정적이 된다. 벌써 그를 유혹하거나 하면 가벼운 여자로 여겨질까 두려워 그런 마음을 억누르며 이야기를 계속했다. 그러다가 내가 장난으로 토플리스 클럽에서 추는 랩댄스를 하려고 그의 무릎에 걸터앉은 것이 잘못이었다. 그의 목에 얼굴을 갖다대자 향긋한 비누냄새가 나 나도 모르게 그를 침대로 끌어들이고 말았다.

호두알같이 예쁜 고환이 달려 있었다. 접대부로 일하면서 수많은 페니스와 고환을 보았지만 나는 페니스가 큰 남자보다 고환의 모양이 예쁜 남자를 좋아했다. 드라쟈의 그것을 보면서 정말 예쁘다고 생각했다. 귀여운 섹스였다.

우리는 다음 번 데이트 약속도 했다. 트라쟈가 이번에는 자기 집으로 오라면서 주소를 가르쳐 주었다. 약속 당일 나는 택시를 타고 그의 집으로 향했는데 택시 기사가 길을 잘못 드는 바람에 약속시간에 늦어졌다. 조마조마한 마음에 창 밖을 내다보았더니 신호정지로 멈춰서 있는 택시 앞을 드라쟈가 걸어가고 있는 것이 아닌가. 바로 이런 것을 두고 사람들은 운명이라 부르지 않을까.

새 아파트를 찾기란 여간 어려운 일이 아니었다. 어디에 전화해 보아도 조건에 맞는 물건은 모두 보류상태였다. 시간이 촉박하여 우리는 역 앞의 한 부동산에 수수료를 지불하고 그곳에 맡기기로 했다. 하루밖에 기한이 없어 나는 상당히 초조했다.

부동산에서 소개받은 물건은 집주인이 라틴 아메리카 사람으로 1층에 있는 방에 세를 놓았다고 했다. 집세는 겨우 650달러였다. 원룸으로 크기는 엘리데 거리에 있는 방과 비교해 좁았지만 욕실과 부엌에 온수가 나와 세를 들기로 했다. 관리인에게 집세를 지불하고 부동산에는 '브로커'라는 돈을 지불했다. 브로커를 지불한다는 것은 신용을 지불한다는 것과 마찬가지로 토플리스 댄서처럼 일정 수입이 없어도 집세를 지불할 수 있음을 증명하는 것이었다. 일본에서 말하는 보증금과 비슷하다고 할까. 하지만 뉴욕은 일본과는 달리 집을 계약하는데 복잡한 절차가 없어

편리했다.

다음 날 바로 그곳으로 이사하기로 했다. 나와 드라쟈, 이삿짐센터 사람, 이렇게 셋이서 이사를 했다. 그리 멀지 않은 곳이라고는 해도 내 가구가 생각 이상으로 많아서 소형 트럭이 세 번이나 짐을 날아야 했다.

이사가 끝난 뒤 방에 가득 쌓인 짐을 보는 순간 피로가 갑자기 몰려왔다. 지금까지 집을 구하느라 긴장해 있던 마음이 풀리면서 서 있을 기력조차 없었다. 더 이상 정리할 힘도 없어 그때부터 1주일 동안 드라쟈의 방에 묵기로 했다. 그러면서 조금씩 짐 정리를 했다.

드라쟈가 정말 고마웠다. 만난 지 1주일도 채 되지 않은 여자를 위해 이렇게까지 해주다니. 그가 없었으면 나는 아마 노숙자가 되었을 것이다. 이번 일로 더욱 그를 향한 마음이 깊어만 갔다.

짐 정리가 거의 끝나갈 무렵 드라쟈는 우리 집에 살다시피 했다. 새 아파트는 차가 없으면 갈 수 없는 곳에 있어 그는 택시를 타고 왔다. 당시 두 사람 모두 택시비로 나간 돈만 해도 엄청날 정도였다. 그래도 우리는 돈 아까운 줄 모르고 뻔질나게 서로를 만나러 갔다.

나와 매일 함께 있고 싶어하는 그의 마음이 느껴져 기뻤다. 그가 항상 곁에 있어 주어 마음이 든든했다. 그는 농담도 잘해서 언제나 나를 웃겨주었다. 이시무라 켄을 닮은 사람이 웃기니까 더욱 재미있었다. 전혀 우습지 않아도 웃었다. 드라쟈의 표정 하나하나가 사랑스러워 죽을 지경이었다.

'미인은 삼일 만에 질리지만 추녀는 질리지 않는다'는 말을 어디선가 들은 적이 있는데 그 말이 남자에게도 해당되는 것 같았다. 드라쟈의 얼굴은 개성이 넘쳐 매일 보아도 지겹지 않았기 때문이다.

지금까지 나는 멋지고 잘생긴 남자에게만 정신이 팔렸었다. 돌이켜보면 그 남자들과는 드라쟈처럼 장난치며 편안한 시간을 보내지 못했다. 드라쟈에게는 나의 모든 모습을 보여줄 수 있을 것 같았다. 더러운 이야기지만 드라쟈 앞에서는 코도 후빌 수 있다. 그를 만나기까지는 멀고도 험난한 길을 걸어야 했다.

그리고 나는 드라쟈에게 특히 감사해야 할 일이 있다.

바로 HIV다. 드라쟈와 사귀기 시작했을 당시 HIV검사를 그때까지도 받지 않았던 나는 드라쟈에게 카릴의 이야기를 하면서 카릴이 HIV보균자라는 것과 어쩌면 나도 감염되었을지 모른다는 것을 털어놓았다.

그랬더니 드라쟈는 내게 화를 내기는커녕 함께 검사를 받으러 가자고 말해 주었다. '나도 검사를 받을 테니 너도 받아' 하며.

나는 HIV에 감염되었을 것이라고 믿고 있었기 때문에 검사를 받기가 두려웠고 또 이곳 뉴욕에서 어떻게 검사를 받아야 좋을지도 알 수 없었다.

드라쟈의 말에 용기를 얻어 나는 뉴욕주재 일본인 커뮤니티의 HIV 서클을 통해 일본의 대학에서 온 의사를 찾아 검사를 받았다. 검사는 무료였다. 의사는 카릴이 HIV 보균자가 된 시기와 그가 약을 복용하고 있었는지 여부 등을 질문했다. 질문이 끝난 다음 그가 말했다. '카릴은 당신과 만나기 직전에 HIV에 감염되어 당신과 사귈 때에는 아직 HIV항체가 생기지 않아 아마 당신은 HIV에 감염되지 않은 것으로 판단됩니다.' 그의 말을 들은 순간 얼마나 기뻤는지 모른다. 그러나 검사 결과가 나올 때까지는 확실치 않았다.

검사는 드라쟈와 함께 받았다. 그리고 2주 뒤. 검사 결과가 나오는 날이 왔다.

초조해하며 검사 결과를 기다리던 내게로 '두 분 모두 음성이었습니다' 하는 FAX가 보내졌을 때는 하늘이라도 날 것 같은 기분이었다.

하지만 만일 양성이라는 검사 결과가 나와도 나는 긍정적으로 생각하자고 마음을 굳게 먹고 있던 터였다. 남겨진 나날을 소중히 살아가자고.

따라서 검사 결과 이후 나는 더욱 밝고 긍정적으로 살아갈 것을 결심했다. 함께 검사를 받아준 드라쟈를 위해서도.

그 뒤로 내가 그의 집에 머물지 않으면 그가 우리 집에 머무는 식으로 우리는 반 동거를 시작했다. 그리고 반드시 함께 잤다. 그러다가 드라쟈가 룸메이트가 싫어졌다며 함께 살 아파트를 구해 보자고 했다.

아무리 그래도 함께 살기엔 너무 이른 것이 아닐까. 물론 그와 사는 편이 매일 드는 택시비나 시간도 절약된다. 그렇지만 한편으로는 그가 나를 갖고 노는 것은 아닌가 하는 두려움도 있었다. 그래서 좀처럼 행동으로 옮길 수 없었다.

드라쟈는 그의 누나가 부동산에서 일하고 있는데 그녀가 살고 있는 아파트가 마침 계약이 끝나니 그곳으로 이사하자고 했다. 장소는 퀸즈라는데 내가 모르는 곳이었다. 물론 나는 반대했다.

드라쟈는 '독채는 아니라도 침실도 있고 집세가 불과 600달러야. 퀸즈가 얼마나 깨끗한 곳인데' 하고 말해도 어떻게 깨끗하다는 말인지 알 수가 없었다. 나는 할렘과 브롱크스밖에 몰랐기 때문이다. 더러운 거리에 익숙해져 버린 나는 어떤 곳이 깨끗하고 아름다운 곳인지 짐작이 가지 않았다.

그의 누나가 사는 아파트에는 침실이 두 개에 넓은 거실과 부엌이 있었으며 어린이방도 있었다. 그리고 화장실과 욕실은 분리되어 있었다. 막상 그곳을 둘러보자 생각이 조금씩 바뀌었다. 게다가 그 아파트가 있는 퀸즈는 지금껏 본 적이 없는 깨끗하고 평화로운 곳이었다. 거리의 풍경도 아름다웠다.

깨끗한 공기에 수목이 늘어서 있는 광경을 보았을 때는 입을 다물지 못했다. 할렘이나 브롱크스에서는 이런 모습을 찾아볼 수 없다. 건물은 고급스런 느낌을 주었으며 쓰레기 처리장도 정해진 장소에 있었다. 비슷한 분위기의 건물이 들어선 사이에 유치원과 공원이 있었다. 어디서나 차를 주차할 수 있도록 잘 정비되어 있었다.

이사하고 싶은 마음이 간절해졌다. 하지만 브롱크스를 그리 쉽게 버릴 수가 없었다. 인간 쓰레기들이 모여 사는 곳이라고는 해도 나를 강인하게 만들어준 곳이기도 하기 때문에.

그런데 위층에 사는 관리인과 문제가 생겨 어쩔 수 없이 이사를 하게 되었다. 이유는 관리인이 우리가 관계를 가지는 장면을 몰래 훔쳐보았기 때문이다.

건물 구조상의 이유로 관리인이 자기 방으로 들어가기 위해 계단을 올라가다 보면 훤히 내 침실이 들여다보였다. 게다가 관리인이 그 계단에서 아이들까지 놀게 해서 우리가 '프라이버시 침해'라며 경찰에 고소한 것을 계기로 사이가 나빠졌다.

그런 곳에는 기분이 나빠 더 이상 살 수 없었기에 퀸즈로 이사갈 것을 결심했다. 그 아파트를 나올 때 드라쟈가 그 동안의 복수라며 문을 발로 차서 부셔놓았다.

퀸즈에 이사오고 나서는 자주 요리를 했다. 전에 살던 아파트는 가스렌지가 고장나서 요리를 못했지만 이 아파트에는 훌륭한 부엌이 있었기 때문이다. 직접 요리를 하니 돈도 적게 들어 좋았다. 전에는 외식을 많이 해서 돈이 많이 들었는데 말이다. 이사한 뒤부터 모든 일이 잘 풀리는 것 같았다.

언젠가 드라쟈가 내게 청혼을 했다.

퀸즈로 이사오기 전이었다. 드라쟈가 내 아파트에 누드 잡지를 자주 들고 와서 대판 싸움을 벌였다. 그때 나는 다른 여자의 몸이 그렇게 좋으면 내 집에서 나가라며 그를 쫓아냈다. 그래서 나는 이제 그와도 끝이구나 했는데 그가 되돌아와서는 '내가 다른 여자의 알몸을 보는 것조차 싫어할 만큼 너는 나를 사랑하고 있어. 지금까지 나를 그 정도로 생각해 주는 사람은 없었어. 그러니 나와 결혼해 줘' 하는 것이 아닌가.

결혼해 달라는 말에는 약해지지 않을 수 없었지만 이미 결혼생활에 진절머리가 난 나는 대답을 미뤘다. 아직 그를 제대로 알지 못했기에 냉정한 눈으로 그를 조금 더 지켜보기 위해서였다.

하지만 솔직히 그가 결혼해 달라고 했을 때는 너무 기뻤다. 드라쟈는 카릴과 전혀 다른 사람이었다. 그를 만나고 나는 변했다. 상대가 진정으로 나를 사랑한다면 나도 그를 진정으로 사랑하게 되었다.

그러나 피해망상이 심한 나는 언제나 마음 한 구석으로는 드라쟈에게 버림받는 것은 아닐까 하는 두려움을 느꼈다.

　퀸즈의 깨끗한 아파트로 이사하여 동거를 시작하고부터
는 싸움이 끊이지 않았다. 따로 살 때는 그렇게도 사이가
좋았는데 함께 살면서 그 동안 보이지 않았던 점들이 보
이면서 싸우게 되었다.

　사람을 좋아하게 되면 그 사람을 구속하고 싶어진다는
것을 잘 알고 있다. 하지만 나는 그러고 싶지 않다고 생각
하면서도 드라쟈를 구속했다. 내가 그를 좋아하면 좋아할
수록 그에게 요구하는 것도 늘어났다. 그럴 때마다 마음이
답답했다.

　'질투는 연애의 양념'이라고 어느 책에 쓰여 있었는데
같은 질투라도 질투해서 좋은 것과 나쁜 것이 있는 것 같
다. 우리가 서로에게 느끼는 질투는 아주 원초적이라고나
할까. 예를 들어 '다른 여자를 보지 마', '손님의 전화번
호를 받지 마', '배꼽티를 입고 밖에 나가지 마', 'TV에
나오는 여자의 누드를 보지 마' 등.

　특히 내가 그에게 느끼는 질투는 비정상적이었는지 모
른다. 드라쟈의 누나나 친척인 여자들에게도 질투를 했으
니까. 그녀들로부터 매일같이 전화가 걸려오기도 하고 필
요 이상으로 드라쟈와 밀착했기 때문이다. 어쨌든 질투하
고 싶지는 않았다. 왜냐하면 질투를 한다는 것은 자신에게
자신이 없다는 말일 뿐 아니라 상대를 믿지 못한다는 증
거가 되기 때문이다. 질투하는 자신이 흉하게 느껴졌다.

드라쟈와 함께 보낸 첫 여름은 최악이었다. 수영복을 입고 해변이나 풀장에 가는 것을 서로 용납할 수 없었기 때문이다. 결국 둘 다 해수욕 한 번 가지 못하고 여름내 일만 했다.

대신 우리는 집에 있을 때만큼은 무슨 일을 하든 함께 행동했다. 식사를 한 뒤에는 침대 안에서 온종일을 보낼 때도 있었다.

하지만 싸움만 하면 드라쟈는 집을 나갔다. 나와 다투면 그도 상당히 감정적이 되어 바깥 공기를 마시면서 마음을 가라앉히려고 집을 나가는 것 같았다. 그래도 나는 그가 집을 나가는 것이 보기 싫었고 걱정이 되었다. 넓은 집을 두고 굳이 밖으로 나가야만 마음을 진정시킬 수 있는 것일까. 그렇게 내 얼굴을 보기도 싫고 말도 하기 싫은 것일까. 그가 집을 나갈 때마다 너무나도 냉정하게 느껴졌다. 그럴 때면 옛날처럼 따로 사는 편이 쓸데없는 질투를 하거나 다투지 않아 좋았는데 하고 생각하고 만다. 사이가 좋을 때의 그와, 다툴 때의 그는 너무나 달라 그와 함께 사는 생활은 천국과 지옥을 왔다갔다하는 것 같았다. 스트레스가 쌓였다. 나는 아직 타인과 함께 살 만한 마음의 여유도 준비도 되어 있지 않는 것일까. 그와 다툴 때마다 내 마음이 우울해지는 것이 싫었다.

몇 번이나 그에게 헤어지자고 했다. 드라쟈가 집을 나갔다가 돌아오면 그를 심하게 질책했다. 그가 딴 여자를 만나 바람이라도 피우는 것은 아닌가 의심도 했다. 집을 나가면 그는 절대 연락을 하지 않았다. 그가 자신의 삐삐를 집에 두고 나가 버리므로 그에게 연락할 길이 없다. 오로지 집에서 그를 기다리는 수밖에.

연락도 없는 사람을 기다리고 있노라면 초조해서 참을 수가 없었다. 그래서 어떤 때는 내가 나간다며 고함을 지른 적도 있었다. 결국 서로 나쁜 점은 고쳐가면서 노력하기로 다짐했다. 서로가 행복해지기 위해 노력하는 이상 계속 함께 살자고 맹세했다.

나에게는 반드시 매듭지어야 할 중요한 숙제가 하나 있었다.

바로 카릴과의 이혼소송. 이혼장에 그의 서명이 없으면 이혼은 성립되지 않는다. 하지만 나와 카릴은 법률상 만나는 것도 말하는 것도 금지되어 있다. 그런 상태에서 어떻게 하면 그와 이혼할 수 있는지 알 수가 없었다.

먼저 정보를 수집하고 변호사를 찾았다. 뉴욕에서는 재판을 해야 비로소 이혼이 성립된다고 한다. 그와 나 사이에는 아이가 없지만 재판으로 이혼하고자 할 때는 헤어지려 하는 확실한 이유가 있어야 하는 데다 돈을 많이 들여 유능한 변호사를 선임해야 한다.

나는 결혼의 피해자이다. 그에게 속아 돈을 빼앗기고 목숨까지 잃을 뻔했다. 언제 나를 죽이러 올지 모르는 카릴과 나는 법률상으로 4년간 만나서는 안 되는 상태에 놓여 있다. 그 말은 결국 4년간은 그와 이혼할 수도 없다는 말이 아니겠는가. 하루라도 빨리 그와 정식으로 이혼하고 싶었다. 그리고 드라쟈와 불륜관계가 아닌 연인 사이가 되고 싶었다. 하지만 어떻게 해야 하는가?

곰곰이 생각해 보니 이전 아파트에 사는 사람들이 '이혼하고 싶으면 혼인신고서를 제출한 곳에 가서 물어봐. 변호사도 그곳에서 소개시켜 준다'고 말해 준 기억이 났다.

일단 신문에 난 일본계 변호사의 광고란에서 약 10명의 변호사를 골라 각각 팩스나 편지를 보냈다. 나는 미국의 법률도 모르고 영어도 읽고 쓰기는 가능해도 제대로 발음할 수 없기 때문에 일본인 변호사가 가장 적합하다고 판단했다. 또한 TV 뉴스나 신문에서 많은 미국인 변호사들이 돈을 벌기 위해 재판을 한다거나 재판 왕국인 미국에서 변호사가 얼마나 부정한 돈을 많이 벌고 있는가를 전해들은 바 있어 미국인 변호사에게 내 변호를 맡기기 싫었다.

잭키에게도 부탁해서 일본인 변호사에게 전화로 연락을 취하도록 했다. 그리고 그 중에서 가장 먼저 무료로 상담해 준다는 변호사와 만나기로 약속했다. 뉴욕에서 일본인 변호사와 만난다고 생각하니 조금 긴장이 되었다. 그리고 일본인 남자를 보는 것도 실로 오랜만이었다. 나는 잭키와 그 변호사를 만나러 갔다.

우리가 만난 변호사는 최악이었다. 나와 잭키를 보자마

자 일본인 변호사는 '그 머리 모양이며 옷이며 그래서는 재판에 이길 수 없다'며 한숨을 쉬었다. 그리고 나의 결혼 생활에 대해 듣고 나서는 그런 흑인과 결혼한 내가 멍청하다고까지 했다. 나중에는 내 일인데도 잭키를 보고 뭐라고 빨리 말해 버렸다. 내가 그의 입술을 읽으려 해도 무슨 말을 하는지 도저히 알 수 없었다. 내가 알아듣지 못하겠다고 종이에 무슨 말을 했는지 써달라고 부탁하자 그 변호사는 이혼조정 비용은 1500달러이고 형사재판 비용도 1500달러라면서 다음 면담일까지 현금을 가지고 오라고 썼다.

전부 3000달러, 일본엔으로 환산하면 30만엔 이상의 비용이었다. 물론 이 정도가 미국에서는 보통 비용인지 몰라도 나한테는 너무 비쌌다. 그런데 이 변호사는 아주 어려운 케이스라며 결과가 어떻게 될지 장담할 수 없다는 말을 하는 것이 아닌가.

도무지 신용할 수 없는 사람이라 판단하고 그 변호사에게 의뢰하지 않기로 했다. 현금으로 지불하라는 것도 수상했다. 뉴욕에서는 현금이 아닌 수표나 송금환으로 지불하는 것이 일반적이다. 그래야만 지불했다는 증거가 남기 때문이다. 현금의 경우에는 영수증을 받으면 되지만 그것은 신용도가 낮다.

하지만 다른 변호사들도 그와 별반 다를 바가 없었다. 도와주겠다는 태도를 보인 변호사가 한 사람도 없었다. 원래 변호사란 약자를 도와 법을 수호하는 사람이 아닌가.
비싼 비용만 요구할 뿐 의뢰자의 이야기도 제대로 듣지
않는 변호사에게 내 일을 의뢰하고 싶지 않았다. 나를 진
정으로 돕고자 하는 변호사가 필요했다. 변호사라는 직업
에 자부심을 가지고 있는 사람이 필요했다.

　내가 알기로 뉴욕의 변호사들 중 신용할 수 있는 사람
은 전체의 20% 정도에 불과하다. 겨우 20%라니, 해도 너
무하다.

아이를 갖다

내가 임신했다는 사실을 듣고는 기뻐서 어쩔 줄 몰라했다.
싸우는 도중이었는데도 그는 양손을 쳐들고 만세를 외쳤다.

변호사들에게 질려 이혼을 보류하고 있던 때 큰일이 일어났다. 드라쟈와 동거한 지 반년이 지난 무렵이었다. 그와 여느 때처럼 싸움을 하고 냉전상태에 있었는데 조금씩 배가 불러오면서 그렇게도 좋아하던 비프스테이크가 구역질이 나서 먹을 수가 없었다. 혹시나 해서 그와 헤어지기 전에 임신 여부를 알아보기 위해 임신판정시약을 사용했더니 양성반응이 나왔다. 벌써 아이가 생기다니. 나는 그 길로 산부인과로 갔다.

드라쟈는 내가 임신했다는 사실을 듣고는 기뻐서 어쩔 줄 몰라했다. 싸우는 도중이었는데도 그는 양손을 쳐들고 만세를 외쳤다. 그런 그를 보자 내 마음도 따뜻해지는 것을 느꼈다.

그렇다고는 해도 믿어지지 않았다. 일본에서 데이브의 아이를 갖기 위해 2년이나 노력했지만 임신이 되지 않아 나는 아이를 낳을 수 없는 여자라고 단정했었다.

하지만 임신사실을 알게 되었을 때 나는 기쁜 마음보다 불안한 마음이 강했다. 드라쟈와 만나기 전에 나는 조그만 강아지 한 마리를 키웠다. 그런데 그 강아지가 내게 너무 달라붙고 아무 데서나 볼일을 보는 바람에 무정하게도 강아지를 공원에 버리고 말았다. 내게 매달리는 작은 동물에게 못할 짓을 한 내가 아이에게도 그러면 어떡하나 지레 겁을 먹었던 것이다. 그러나 한편으로 내 뱃속에 작은 생명체가 있다는 것이 신기하기만 했다.

산부인과에서 돌아오는 길에 드라쟈와 우리의 장래에 대해 여러 가지로 이야기를 나누면서 이혼소송을 떠올렸다. 결국 이번이 마지막 기회라고 생각하고 한 번 더 일본인 변호사를 찾아보기로 했다. 만일 그 변호사도 형편없는 사람이라면 미국인 변호사협회에서 좋은 변호사를 소개받자고 정했다.

일본인 변호사 사무소에 팩스를 보냈다. 별 기대 없이 있었는데 그 변호사는 지금까지 만난 변호사들과는 전혀 다른 정말 좋은 사람이었다. 그 변호사는 무료면담임에도 불구하고 내 이야기를 열심히 들어주고 종이에 써서 자세히 설명도 해주었다. 게다가 변호사인 자신에게 의뢰하면 돈이 많이 든다며 직접 당사자가 이혼절차를 밟을 수 있는 방법을 가르쳐 주었다.

이전에 엘리데 거리에 살던 사람들이 말해준 방법과 비슷했다. 혼인신고서를 낸 시청에 가서 이혼절차에 대한 설명을 듣고 이혼조정 서류를 받은 다음 무료로 일을 해주는 변호사를 소개받으면 된다는 것이었다. 함께 온 드라쟈에게도 영어로 상세히 설명해 주었다. 그 변호사는 약자의 입장에서 순수하게 사람들을 도와주는 좋은 사람이었다. 그런 사람을 만난 우리는 정말 운이 좋았다. 우리는 곧장 이혼조정 안내를 들으러 시청에 갔다. 그러나 법률용어가 이혼서류에 잔뜩 쓰여 있어 미국인인 드라쟈도 이해하기 어렵다고 했다. 직접 이혼조정 서류를 전부 작성하면 그저 법원의 판결을 기다리면 된다고 생각했는데 그리 쉬운 일이 아니었다. 이혼서류의 분량도 방대했고 영어로 된 법률용어가 너무 많아 우리 힘으로는 작성할 수 없었다.

서류에는 조금의 실수도 용납되지 않는다고 쓰여 있어 더욱 겁이 났다. 결국 드라쟈에게 이혼서류 작성을 맡길 수밖에 없었지만 2개월이 지나도 전혀 끝날 기미가 보이지 않았다. 그만큼 분량도 많은 데다 법률용어가 어려웠기 때문이다.

겨우 작성을 끝내고 시청에 가서 서류를 신청했더니 담당자가 작성이 잘못되었다고 변호사에게 의뢰하라며 서류를 돌려주는 것이 아닌가.

우리는 지푸라기라도 잡을 심정으로 컴퓨터에서 변호사에 관한 정보를 찾았다. 무료로 일을 해주는 변호사들 중에서 내 경우에 맞는 변호사를 골라 전화번호를 메모했다. 드라쟈가 그 변호사에게 전화를 걸었다. 그랬더니 '무료강습회'라는 것이 있는데 그곳에 가면 변호사와 만날 수 있다고 했다.

무료강습회에는 나와 비슷한 결혼의 피해자들이 자신의 손으로 직접 이혼조정 서류를 작성하기 위해 모여 있었다. 두 명의 변호사가 앞에서 서류작성법과 법률용어를 설명해 주었다. 함께 온 드라쟈가 열심히 변호사의 설명을 듣고 하나하나 서류를 써 내려갔다.

무료강습회는 한 달에 한 번 열리는데 다음 번 강습회에 변호사가 서류에 서명을 해준다고 했다. 변호사의 서명은 변호사가 검증했다는 증거가 된다.

당시 드라쟈는 자신의 일과 이혼서류 작성으로 잠잘 시간도 부족할 정도였다. 나는 그런 그가 가여워서 천천히 하라고 했지만 그는 뱃속의 아기가 태어나기 전에 이 일을 끝내야 한다고 내 말을 듣지 않았다. 하지만 나는 아이가 태어난 뒤에 하자며 이혼서류 작성은 미뤄두고 있었다.

출산

배와 허리를 단단한 물건으로 꽉 누르는 듯한 아픔,
몸 안의 어느 부분이 터질 것만 같은 아픔이었다.
칼에 손을 벨 때 느끼는 아픔의 100배 정도는 되는 것 같았다.

아이를 낳을 날이 다가왔다. 나는 그날이 오는 것이 두
려웠다. TV나 영화에서 주인공이 출산하는 장면을 보면
서 그 고통을 상상해 보았기 때문이다. 그래서 나는 출산
관련 책자를 모조리 찾아 읽으면서 어떻게 하면 고통이
덜할지 나름대로 연구했다. 호흡법도 연습했다. 출산예정
일은 4월 1일.

그런데 4월 1일보다 1개월이나 빨리 진통이 오고 말았
다. 처음에는 마치 소변이 흐르는 것 같은 느낌이 들었다.
침대 시트를 적시고는 18년 만에 오줌을 쌌다며 혼자 키
득키득 웃었다. 그런데 잠시 후 피가 뚝뚝 떨어져 바로 병
원으로 달려갔다. 출혈은 출산 징조라고 책에 쓰여 있었기

때문이다.

병원에 도착하자 간호원이 나를 침대에 눕혔다. 침대에 누워 진찰을 받았지만 진통이 올 기미가 보이지 않아 그대로 집으로 돌아왔다.

그런데 그날 밤 평생 잊을 수 없는 고통이 배에서 허리에 걸친 부위에 느껴졌다. 하필 그날 드라쟈는 야간 근무로 집을 비우고 나 혼자 집에 있었다. 심야 영화를 보는데 갑자기 옆구리가 저려왔다. 당장 출산에 관한 책을 꺼내 그것이 진통인지 찾아보았다.

옆구리가 계속 욱신욱신했다. 책에는 누워 보아 얼마 후 아픔이 가시면 아무 문제없다고 쓰여 있어 자리에 누웠다. 뱃속의 아기를 향해 '무슨 일이야? 빨리 엄마를 보고 싶어? 그렇다면 배를 있는 힘껏 차봐?' 하고 말을 걸었다. 그랬더니 그런 말을 하지 말았어야 했다고 후회할 만큼 극심한 아픔이 이내 찾아왔다.

이번에는 옆구리가 아니라 배 전체에 걸쳐 느껴졌다. 나도 모르게 침대 시트를 꽉 움켜쥐었다. 책에 진통은 정기적으로 오므로 시간을 재어 메모하시오, 하는 말이 있어 진통이 느껴질 때마다 시간을 재었다. 처음에는 7분 간격이었는데 나중에는 5분 간격으로 진통이 왔다. 그리고 태양이 떠오를 때쯤에는 간격이 더욱 짧아져 더 이상 참을 수 없었기에 드라쟈에게 전화를 걸었다.

드라쟈는 택시를 부른다고 했지만 그때는 이미 3분마다

진통이 와서 다리가 떨려 일어설 기력이 없었다. 어떻게 표현하면 좋을까, 마치 배와 허리를 단단한 물건으로 꽉 누르는 듯한 아픔, 몸 안의 어느 부분이 터질 것만 같은 아픔이었다. 칼에 손을 벨 때 느끼는 아픔의 100배 정도는 되는 것 같았다. 도저히 내 다리로 일어설 수 없어 나는 드라쟈에게 구급차를 부르라고 반복해서 소리쳤다.

드라쟈에게 고함을 지르면서도 너무나 아파서 이마에 땀이 맺혔다. 연습했던 호흡법으로 진통이 올 때마다 숨을 쉬어 보았지만 별 효과가 없었다.

구급차가 도착했다. 간호원들이 담배를 피우면서 들어왔다. 아픔을 참아가며 그들에게 영어로 설명해야 했다. 아기가 나올 것 같다고 하자 태평하게 있던 간호원들이 그제서야 담배 냄새나는 입으로 이렇게 숨을 쉬면 아픔이 덜합니다, 하며 지도해 주었다.

하지만 숨을 쉬어도 아픔이 덜하기는커녕 더욱 극심해졌다. 무언가를 잡지 않으면 가만히 있을 수 없을 정도의 격심한 고통이 뒤에서부터 느껴졌다. 눈을 크게 뜬 채 아프다며 일본어로 비명을 지르고 닥치는 대로 물건을 붙잡았다.

간호원이 몇 가지 질문을 했다. 이름은? 생년월일은? 주소는? 전화번호는? 언제 생리가 끝났는가? 등등. 이렇게 아픈데 그런 것을 묻나 싶었지만 드라쟈의 삐삐번호와 직장 전화번호를 가르쳐 주면서 그에게 물으라고 했다.

병원에 도착하자마자 침대에 드러누워 맥박을 재는 코드를 팔에 달았다. 신음하고 있는 내 앞에서 중국인 의사가 여유 있게 잡지를 읽고 있었다. 3분 간격이던 진통이 1분 간격으로 빨라졌다. 그 다음 순간 양수가 터졌다.

흑인, 백인, 중국인 간호사들이 내 상태를 체크하러 왔다. 일본인을 포함한 아시아인들은 일반적으로 표정이 풍부하지 못하다. 참을 수 없을 정도로 아프면 참지 말고 오버해서 아픔을 호소해야 한다. 그래야만 미국인에게 전해진다. 그래서 나는 침대 위에서 미친 듯이 뒹굴었다.

백인 의사에게 마취를 하고 제왕절개해 달라고 매달렸다. 진통이 점점 아래 부분으로 내려오는 것이 느껴졌다. 책에 진통이 아래 부분으로 오면 변을 보듯 힘을 주라고 쓰여 있었던 것을 기억하고 나는 숨을 멈추고 계속해서 힘을 주었다. 그랬더니 간호원이 그렇게 힘을 주지 말라며 아이는 4시간 뒤에나 나온다고 했다. 그 말을 듣는 순간 기절할 것만 같았다.

드라쟈가 병원으로 달려왔다. 그를 본 순간만큼은 아픔이 사라지고 가슴이 뛰었다. 그러나 그는 내 아픔은 아는지 모르는지 아이가 곧 태어난다는 기쁨에 겨워 그만 내 옆에서 덩실덩실 춤을 추는 것이 아닌가.

간호원의 말을 무시하고 나는 계속 숨을 들이켜 배에 힘을 주었다. 그러다가 어떻게 되었나 해서 아래에 손을 갖다대었더니 커다란 것이 막 나오려 하고 있었다. 끈끈하

출 산

고 따뜻한 돌 같은 것이. 아이의 머리임을 깨닫고 나는 시트를 들쳐 간호원을 불렀다. 지금까지 옆에서 나를 달래던 간호원도 춤을 추던 드라쟈도 깜짝 놀라 내 침대를 밀어 이동하기 시작했다.

나를 태운 침대는 병원 복도를 달려갔다. 침대가 벽에 몇 차례 부딪혔다. 조금 전까지만 해도 커피를 마시며 느긋하게 있던 의사도 저만치에서 달려왔다. 드디어 아기가 태어나려는가 보다.

여러 개의 전등이 비추고 있는 병실에 도착하자 드라쟈는 간호원이 시키는 대로 수술복으로 갈아입었다. 그때였다. 내 비명소리와 함께 다리 사이에서 아이가 쏙 나왔다. 갓난아이의 울음소리가 방 안에 울려 퍼졌다. 밖에서 수술복으로 갈아입던 드라쟈가 병실에 뛰어들어왔을 때는 이미 아이의 배꼽을 자르고 있었다. 태어나는 순간을 보지 못한 아쉬움도 잠시, 드라쟈는 기쁨을 감추지 못했다. 드디어 우리의 아기가 탄생했다.

나루미(成美) · 엔젤라 탄생

바람이 하나 있다면 그녀가 무엇을 하든
최고가 되기 위해 노력해 주었으면 하는 것.
무엇을 하든 나처럼 자신이 믿는 길을 걸어가길 바란다.

갓 태어난 아이의 옆얼굴이 보였다. 얼마나 작던지. 살아 있는 것이 신기하기만 했다. 아이의 손가락은 내 검지 손가락의 한 마디 정도 되려나. 내 몸에서 나온 아이를 보자 갑자기 감격에 겨워 눈물이 흘렀다.

배의 형태나 태동의 강도로 보아 주위에서는 분명 남자아이일 거라고 했는데 태어난 아이는 여자아이였다. 우리는 아기에게 '成美(나루미) · 엔젤라(Angela)'라는 이름을 붙였다. Narumi는 일본에 계신 부모님이 '成實'이라는 한자 이름을 지어주셨는데 여자아이니까 예쁘게 성장하라는 의미에서 내가 한자를 '實'에서 '美'로 바꾸었다. 미들 네임의 '엔젤라'는 드라쟈의 누나 다이안이 지어준 것이다.

그녀는 아들만 둘 있어 전부터 여자아이를 갖고 싶었다며 여자아이를 낳으면 '엔젤라'라고 지으라고 했다. 일본과 미국 이름을 전부 합치면 '천사처럼 아름답게 성장하라'는 의미가 되어 모두 이 이름에 동의했다.

아이를 낳고 입원실로 옮겨지자 갑자기 일본에 있는 어머니의 얼굴이 떠올랐다. 어머니도 이런 고통을 겪으며 나를 낳아주셨구나, 하고. 우리 집 침실 벽에는 나를 낳은 지 얼마 되지 않아 찍은 어머니의 사진이 걸려 있다. 지금의 내 모습과 똑같다. 당시 어머니는 19살이었다.

모든 것을 버리고 LA를 거쳐 뉴욕에 건너왔을 때만 해도 어머니의 과보호가 싫어 어머니를 만나기도 싫었는데 나루미를 낳고 내 자신이 엄마가 되자 어머니의 마음을 충분히 이해할 수 있었다. 왜 그렇게 나를 과보호했는지 왜 그렇게 나를 꾸짖었는지. 진심으로 어머니는 나를 사랑하고 걱정해 주셨구나 하고. 그토록 싫던 어머니가 그리웠다. 하지만 이렇게 멀리 떨어져서는 당장 만날 수도 없다. 끝내 나는 침대에서 눈물을 보였다.

다음 날 나루미를 품에 안았다.

인형처럼 작은 몸을 안을 때도, 젖병에 든 우유를 먹일 때도 손이 떨렸다. 새근새근 자고 있는 나루미의 가슴에 귀를 대고 심장소리를 들어보았다. 작지만 '콩콩' 하는 분명한 소리가 아련히 들려왔다. 나루미의 자는 모습을 오랫동안 가만히 바라보고 있었다.

나는 원래 아이에 관심이 없었다. 또한 '아이의 잠든 모습을 보면 피로가 풀리고 힘이 솟는다'는 글을 읽어도 이해가 되지 않았다. 그런데 지금은 뉴스에서 '갓 태어난 아기가 쓰레기통에 버려져 죽었다는 사건'을 전해 들으면 가슴이 아팠고 '유모가 아이에게 폭력을 휘두르는 장면을 찍은 몰래카메라'를 보면 화가 머리끝까지 치솟았다. 내 자신도 나의 이런 변화가 놀랍기만 했다.

전에 드라쟈와 '장애'에 대해 이야기한 적이 있었다. 그때 나는 혹시라도 태어날 아이의 귀가 들리지 않는다 해도 나는 슬퍼하지 않을 것이라고 했다. 왜냐하면 나도 이렇게 잘 살고 있으니까.

하루를 입원하고 우리는 나루미를 데리고 집으로 돌아왔다. 나는 아직도 엄마가 되었다는 실감이 나지 않는다. 하지만 출산을 통해 엄마가 되는 감동을 알았다. 그러면서 저 작은 강아지 같은 아이를 내팽개치지 않으리라 결심했다. 내가 살아 있는 동안 그녀를 보살펴주어야겠다고 생각했다.

신기했다. 지금까지 나는 내 마음 내키는 대로 살아왔다. 내 의지로 결정하고 여러 가지 일을 했다. 어릴 적 학교에서 아이들의 괴롭힘을 받고 자살하려고 했던 일, 접대부로 일하면서 겪어야 했던 일, 수많은 실연과 차별, 그리고 카릴과 보낸 지옥 같은 생활이 주마등처럼 지나갔다. 하지만 나는 무슨 일이 있어도 이를 악물고 지지 않았다.

삶을 포기하지 않았다. 그렇게도 독하게 살아온 내가 아이를 낳다니.

나는 앞으로 나루미가 무엇을 하든 그녀의 선택에 간섭하고 싶지 않다. 하지만 그녀가 좋은 교육을 받고 좋은 친구를 사귈 수 있도록 도와주고 싶다. 그리고 맛있는 음식도 많이 먹게 해주고 싶다. 그녀가 내 도움을 필요로 할 때만 나는 그녀 옆에 있을 것이다. 그녀의 목소리에 귀를 기울일 것이다.

만일 그녀가 나처럼 산다면? 그래도 나는 그녀를 꾸짖지 않을 것이다. 꾸짖으려 하면 그녀는 내가 어머니에게 했듯 내 곁에서 멀리 도망가 버릴 테니. 다만 그녀의 안전과 건강만을 빌 뿐이다. 그 외에는 무엇을 하든 그녀가 행복하면 그것으로 족하다. 바람이 하나 있다면 그녀가 무엇을 하든 최고가 되기 위해 노력해 주었으면 하는 것. 무엇을 하든 나처럼 자신이 믿는 길을 걸어가길 바란다.

나는 수많은 어려움을 극복하여 이렇게 새로운 생명을 이 세상에 탄생시켰다. 지금은 그저 삶을 포기하지 않은 내 자신이 고마울 따름이다.

역자후기

1900년대의 마지막 해, 마지막 달 그리고 2000년의 새해 첫달에 나는 이 책과 만났습니다. 그리고 휘어지고 꺾어진 나무처럼 살아온 다케다 마유미의 삶이 내 영혼을 흔들어 놓았습니다. 그녀는, 정신없이 흘러가는 시간 속에 자신을 흘려보내며 안이함을 뿌리치는 모험심과 유약함을 물리치는 용기를 잊고 살던 제게 커다란 깨달음을 주었습니다.

삶에도 여러 가지가 있을 것입니다. 평탄한 삶이 있는가 하면 변화가 심한 삶도 있습니다. 그러나 과연 그 중 어떤 삶이 더 행복한 것일까요. 어떻게 생각하면 변화가 없는 삶이 행복한 삶처럼 느껴질 수 있습니다. 그러나 소유하고 있는 삶에서 더 이상의 깨달음이 없는 삶이 복된 것은 아닐 것입니다. 평탄한 것에서는 더 이상의 발전이 없습니다.

변화는 새로운 것을 의미합니다. 그것은 보이지 않음 속에서 한 단계의 발전을 가져다 주는 것입니다.

고뇌와 사유 속에는 새로움을 잉태하는 저력이 있습니다. 괴로워하고 생각하는 가운데 삶은 한층 성숙해져 가는 것입니다.

사랑의 아픔을 겪어보지 않은 사람은 진실된 사랑이 무엇인지 모릅니다. 악함을 가져보지 않고는 선함이 무엇인지 모릅니다. 고독을 느껴보지 않고는 고독이 무엇인지 모릅니다.

이 모든 것들은 변화에서 오는 것입니다. 사랑에 실패를 해보아야 다음에 맞이하는 사랑을 성공으로 이끌고 악한 행동을 해보아야 다음에 오는 악함을 피하려는 마음이 생기고 고독을 겪어봐야 다음에 엄습하는 고독을 이겨낼 수 있는 법입니다. 그러므로 생에는 변화가 필요합니다.

정박해 있는 안전한 배보다 언제 폭풍이 밀려올지 몰라도 물결을 헤치면서 만선의 소망을 품고 바다를 향해 나아가는 배가 아름답지 않겠습니까.

어떤 이에게 20대란 끊임없는 상실과 상처로 얼룩진 시기인지 모릅니다. 하지만 그런 과정 없이는 성장하지 못하고 자기 자신에 대한 믿음도 갖지 못합니다. 그러므로 힘

들고 괴롭더라도 훗날 자신이 지나온 모든 길이 하나의
과정이었고 자신에게 필요했기 때문에 그 많은 일들이 일
어났다고 깨닫게 될 그날까지 삶을 포기하지 않고 살아가
야 합니다.

　아무리 어두운 길이라도
　나 이전에 누군가는 이 길을 지나갔을 것이고,
　아무리 가파른 길이라도 나 이전에 누군가는 이 길을
통과했을 것이다.
　아무도 걸어가 본 적이 없는
　그런 길은 없다.

　다케다 마유미, 그녀의 어두운 시기가 삶의 아픔을 겪고
있는 모든 이들에게 용기를 북돋아 줄 것이라 저는 믿습
니다.

2000년 2월
박혜정